고성국의 길

# 고성국의 길

숲에서 길을 찾다

기파랑

# 차례

# 강호 40년, 이제 돌아와 내 얘기를 쓰다

펜 하나 들고 홀로 강호를 누빈지 어언 40여 년. 어느덧 60대 중반의 중늙은이에 몸도 여기저기 고장이 났다. 기억력도 예전 같지 않고 총기도 많이 떨어졌다. 아닌 척하고 다니지만 세월을 이길 장사도 없고 시간을 이길 묘약도 없다. 그럼에도 나는 아직 걸음을 멈추지 못한다. 가야할 길이 아직 남았고 잡아야 할 흉적들이 여전히 도처에 도사리고 있는 탓이다.

장수는 전장에서 쓰러지는 것이 영광이라고들 한다. 하지만 꼭 그렇지만은 않은 듯하다. 요즘 들어 문득 은퇴 생각이 나고 이쯤 했으면 물러나 은거하며 일상을 즐겨도 되지 않을까 하는 유혹이 엄습하곤 한다. 그럼에도 나는 다시 펜을 든다. 아직 못다 한 이야기가 있고 아직 다 전하지 못한 나의 진심이 있기 때문이다.

## 나는 대충 살지 않았다

공자는 말했다 '나는 나이 열다섯에 학문에 뜻을 두었고 서른에 뜻이 확고하게 섰으며, 마흔에는 미혹되지 않았고, 쉰에는 하늘의 명을 깨달아 알게 되었으며, 예순에는 남의 말을 듣기만 하면 곧 그 이치를 깨달아 이해하게 되었고, 일흔이 되어서는 무엇이든 하고 싶은 대로 해도 법도에 어긋나지 않았다'

나는 열다섯에 철없는 천둥벌거숭이었고, 서른이 돼도 무엇을 하고 어떻게 살지 방향을 잡지 못했다. 마흔이 되어서도 온갖 유혹에 쉽게 빠졌고, 쉰에도 세상의 이치를 깨닫지 못했다. 예순이 됐을 때도 남의 말을 이해하지 못했고, 이제 일흔을 앞두고 있지만 뭣 하나 제대로 하는 것도 없고 뭣 하나 제대로 이뤄놓은 것도 없다.

그렇지만 이것 하나만은 말할 수 있다. 나는 치열하게 살았다. 대충 살지 않았고 타협하지 않았다.

내 얘기를 하는 게 아니다. 우리 세대, 우리 아버지,

어머니 세대를 얘기하는 거다. 식민지 백성으로 살면서 어느 누가 생각 없이 살 수 있었겠으며 해방정국의 그 혼란 속에서 어느 누가 대충 살 수 있었겠는가. 6·25전쟁은 또 어떠했겠으며 전후 복구 재건 과정은 또 어떠했겠는가. 60~70년대 근대화는 누구도 대충 살게 놔두지 않았고 북한 김일성 집단과의 체제 경쟁 또한 한치의 방심도 허용하지 않았다. 80년대 민주화 흐름 또한 저절로 온 것이 아니며 IMF위기, 금융위기 극복 또한 우리의 땀과 눈물이 없었으면 불가능했다.

58년생 고성국의 인생도, 아버지 고창봉, 어머니 김종순의 삶도 대한민국 뭇 장삼이사들의 삶이 그러했듯, 한순간의 방심도 한치의 느슨함도 끼어들 수 없는 치열하고 처절한 삶이었다. 그래서 이루어 낸 대한민국 건국이고 그렇게 해서 일구어 낸 근대화와 민주화였다. 건국과 근대화와 민주화를 동시에 성공시킨 대한민국 현대사가 기적의 역사라면 그 기적의 주인공은 단연 대한민국 국민이다. 이승만과 박정희는 그 길을 열어준 안내자들이었을 뿐이다.

## 내 평론의 뿌리는 장삼이사들의 삶

　　정치평론가로 평생을 살고 있지만 내 평론의 뿌리는 한발 비켜 디딜 틈 하나 없는 벼랑 끝에 서서 온몸으로 역사의 풍파를 이겨낸 이 땅의 모든 장삼이사의 삶이다. 내가 배운 정치학도 내가 겪은 정치 경험도 국민의 삶에 단단히 뿌리내린 내 정치평론의 철학과 원칙이 없었다면 한낱 말장난과 기교에 불과했을 것이다.

　국민과 함께하고 국민의 눈높이에서 정치를 한다는 것은 국민과 함께 이 현실을 치열하게 살아내고 처절하게 견뎌낸다는 뜻이다. 그런 삶이 받쳐주지 않는 '국민정치'와 '국민눈높이'는 말장난이고 기교 정치일 뿐이다. 국민은 안다. 알 수밖에 없다. 누가 감히 '국민정치'를 말할 자격이 있는지, 누가 감히 '국민눈높이' 주장할 자격을 갖추었는지!

## 정치평론은 왕의 머리에 씌워진 왕관

정치학이 뭇 학문의 왕이라면, 정치 평론은 왕의 머리에 씌운 왕관이다.

정치 평론은 정치의 구조, 정치과정, 정치적 의제를 모두 다루지만 그중 가장 중요하게 다루는 것이 정치인들이다. 천변만화(千變萬化)하는 현실 정치를 추적하고 분석하고 예측하는 것은 구조와 과정과 의제에 대한 이해만으로는 부족하다. 여기에 더해 정치인에 대한 분석과 예측이 가미되어야만 정치 평론이 완성된다.

결국 사람, 그것도 가장 개성이 강하고 가장 의지가 단단하고 가장 욕망이 뜨겁고 가장 변덕스럽고 가장 자기중심적인 사람들에 대한 정확한 이해야말로 정치 평론의 핵심이다. 뛰어난 정치학자들이 정치평론에서 실패하는 것도 이 때문이다. 사람에 대한 이해는 정치학의 여러 학문 영역을 섭렵한다고 자동적으로 이루어지는 것이 아니다. 평생 정치 리더십을 연구한 정치학자라고 해서 현장에서 살아 숨 쉬는 정치인들의 의지적 결단과 비겁한 선택들을 다 이해하고 예측할 수는 없다. 윤석열에 대한 이해 없이 윤석열정부와 여권의 정치를 이해할 수 없고 문재인·이재명에 대한 이해없이 민주당과 종북주사파를 이해할 수 없다는 뜻이다.

이들을 이해하려면 함께 뛰는 수밖에 없다. 최대한 가까이서 그들의 거친 숨소리도 느끼고 가쁜 호흡과 음험한 눈초리들을 느껴봐야 한다. 이중·삼중의 의전 갑옷 속에 숨겨진 그들의 탐욕스러운 몸뚱아리도 느껴봐야 하고 더 깊이 숨어있어 그들 자신도 잊어버리고 지낸 가녀린 순수도 느껴봐야 한다.

직접 느낄 수 없다면 빙의해서라도 느껴봐야 하고 감정이입 된 상태에서 추체험이라도 해봐야 한다. 이런 경험들이 축적되어야 태평양을 건너 바이든과 트럼프를 만날 수 있고, 600년을 거슬러 올라 류성룡과 이순신을 만날 수 있다. 시오노 나나미가 카이사르와 사랑에 빠지고 마키아벨리와 피렌체 거리를 산책하듯.

## 사람을 알아야 정치가 보인다

　　나는 현존 정치인들을 대부분 다 만나 봤다. 40여 년간 홀로 강호를 누비다 보면 소위 '한다하는' 정치인들과의 조우는 필연이다. 이 중에는 그저 스쳐 가는 인연으로 끝난 사람들도 있고 운명적 만남처럼 만났다 헤어졌다를 반복하는 사람들도 있다. 깊게 알아 밑바닥까지 본 사람도 더러 있고 언제 봐도 데면데면한 사람도 있다. 나와의 개별적 인연이 어떻든 나의 정치평론에 이들이 끼친 영향은 절대적이다. 실물 정치를 경험하게 해주었기 때문이다.

　　은사 중 한 분이신 이수인 선생은 생전에 '사람을 알아야 정치가 보인다'고 가르치셨다. 정치인의 캐릭터를 알아야 예측이 가능하다는 말씀이었다.

　　정치를 보면 똑같은 상황이 재현될 때가 많다. 그러나 사람이 다르면 그 전개 양상도 달라진다. 투쟁과 타협 사이에서 포용과 배제 사이에서 그리고 전진과 후

퇴 사이에서 정치인들의 선택은 다양한 캐릭터만큼이나 다양한 행보를 보인다.

'이런 상황이라면 이런 결과가!'는 정치에는 없다.

'이 사람이라면 이런 행보가'라는 판단은 비교적 높은 확률로 적중한다.

## 내 정치평론에는 피냄새가 난다

고성국의 정치평론에는 피 냄새가 난다고들 한다. 사람 냄새가 난다고 좋게 말씀해 주시는 분들도 있다. 나는 평론할 때 손에서 힘을 빼지 않는다. 상대가 거물이고 셀수록 그렇다. 바둑에서는 "반상무인(盤上無人)"을 강조하지만 나는 '정치평론'이야말로 '평론무인(評論武人)'이어야 한다고 믿는다. 내가 정치인들과 두루 인연을 맺어온 것은 그들을 이해하기 위해서이지 편들기 위해서가 아니다.

은사 이수인 선생이 나에게 실물정치를 가르치셨다면 또다른 은사 한배호 선생은 나에게 정치학의 드넓은 지평을 보여주셨다. 한배호 선생은 대한민국 주류 정치학의 최고봉이다. 나는 과분하게도 한배호 선생의 막내 제자로 박사논문을 썼다. 나는 학사논문과 석사논문과 박사논문을 모두 한배호 선생으로부터 지도 받았다. '전봉준 공초의 정치사적 의미'라는 학사논문과 「유신체제의 성립과 붕괴과정」이라는 석사논문을 쓸 때 한배호 선생은 그냥 지켜보셨다. 당신의 정치학적 사유의 틀에 잘 들어맞지 않는 에세이 수준의 논문임에도 한배호 선생은 학문적 정합성이라는 차원에서 몇 마디의 충고를 하셨을 뿐, 논문 주제나 방법론 더 나아가 학문적 관점에 대해서는 관용해 주셨다. 한배호 선생이 보여주신 학문적 개방성과 관용이 얼마나 어려운 것인지 그러한 개방성과 관용을 말이 아니라 행동하기 위해서는 얼마나 높은 품격과 학문적 완성도가 필요한지를 나는 최근에야 조금 느끼게 되었다. 숲의 존재는 알지도 못하고 나무 몇 그루에 매달려 그것이 세상의 전부인 듯 설쳐댄 용렬한 제자를 따뜻하게 품어 주신 선생님의 한없는 사랑에 어떻게 보답할 수 있을까.

# 춘풍추상을 실천하신 서진영 선생

지식인이 정치에 참여할 때 어떤 마음과 자세를 견지해야 하는지를 행동으로 보여주신 또 한 분의 은사가 서진영 선생이시다.

중국 정치 연구 분야에서 최고의 석학으로 세계학계가 인정한 서진영 선생을 나는 김영삼 정부 출범 후 대통령 자문 정책기획위원장으로 일하실 때 가까이서 모실 수 있었다. 서진영 선생은 그냥 대쪽 같은 분이 아니라 바람이 불면 그 바람을 거스르지 않으면서도 본연의 강직함으로 길을 열어가는 '상선약수'의 지혜를 행동하신 분이다.

김영삼 정부 내내 가장 어려운 문제였던 김현철 문제를 대통령에게 직언한 몇 안 되는 사람 중 한 분이면서도 김현철 소장을 마지막까지 품어 주셨던 분이기도 하다.

대통령에게 자문을 실질적으로 한 유일한 자문위원

장이었다. 임기가 남았지만 대통령 임기와 당신의 임기를 함께 했고 김영삼 정부 이후 어떤 정부에서도 직책을 맡지 않으셨다. 사람 관계에서 한없이 부드러우면서도 자신에게는 엄격하셨고 지식인 정치참여의 선이 어디까지여야 하는지를 온몸으로 보여주셨다. 그때의 맺고 끊음은 가히 추상같아서 '남에게는 봄바람과 같고 자신에게는 가을 서리와 같아야 한다'는 춘풍추상(春風秋霜)을 실천하셨다.

미련하고 못난 제자 고성국에게 혹시 평가할 만한 대목이 조금이라도 있다면 그건 모두 범접할 수 없는 이 세 분의 은사 선생님들 한배호 선생, 이수인 선생, 서진영 선생의 가르침 덕분이다.

# 정치는 권력투쟁이다

　　정치는 권력 쟁취 과정이다. 혼자 할 수는 없으므로 무리를 짓게 된다. 그것이 정치조직이고 그중 최고의 조직이 정당이다. 그래서 정치평론을 하다 보면 정당 얘기를 자주 하게 된다. 그렇지만 정치가 정당으로 제한되는 것은 정치의 폭을 좁히는 결과를 가져온다. 정당 바깥의 정치가 더 중요하고 의미 있는 경우가 적지 않기 때문이다.

　　정치는 권력을 중심으로 전개되는데, 그렇다면 권력이란 무엇일까?

　　권력은 힘과 영향력이다. 강제력을 수반하는 힘이 권력이라는 것은 다시 설명할 필요도 없는 명제다. 그런데 영향력은? 영향력은 다른 사람을 내 생각대로 움직이는 힘이다. 다른 사람을 내 의지대로 행동하게 만들고 나의 결정과 선택을 저항 없이 받아들이도록 만드는 힘이다. 다시 말해 권력은 자원의 권위적 배분체계

라는 데이빗 이스턴의 고전적인 명제를 비폭력적 방식으로 가능케 하는 것이 영향력이다.

인간의 비극은 '욕망의 무한성과 자원의 유한성' 사이의 메꾸지 못한 간극에서 비롯된다. 인간은 욕망하는 존재이므로 욕망 충족을 위한 자원 확보는 인간 존재의 존립 근거이기도 하다. 그 욕망이 권력욕이든 명예욕이든 성욕이든 식욕이든 재산욕이든 본질은 같다. 유한한 자원을 무한한 욕망을 가진 인간들이 나누는 과정에서 폭력도, 전쟁도, 사기도 발생한다. 어떠한 규제도 없이 인간들의 무한한 욕망이 적나라하게 분출되는 것이 자연상태다. 죽이고 죽는 끝없는 먹이 사슬로부터 자유로운 인간은 단 한 명도 존재할 수 없다.

## 법과 정치의 시작

'만인에 대한 만인의 투쟁'이 가장 자연스러운 인간 군집의 존재 양식이다. 이 상태를 그냥 놔두면 인간종의 멸종은 필연적이다. 무한히 계속될 욕망 투쟁의 결과 살아남는 마지막 한 사람이 수명을 다하는 순간 인간종은 멸종될 것이다. 무한한 욕망의 무한한 추구가 종의 절멸로 귀결되는 이 필연적 자연법칙은 그러므로 모든 인간에게 재앙이다. 이것을 깨닫고 무한한 욕망추구를 자제하는 데에서부터 사회 관계가 시작되고 인류 공동체가 나타나게 되었다 욕망의 자제와 욕망추구 수단의 자체 규제, 이것이 법이고 제도다.

현대 법치국가는 이렇듯 무한한 욕망과 그 욕망의 자제라는 충돌하는 두 운동성의 절충점에 기반하고 있는 것이다.

욕망의 자제는 물리적 방식과 정치적 방식으로 작동된다. 공멸하지 않기 위한 최소한의 규칙, 즉 공동체 구성원을 죽이지 않는다. 그 재산을 뺏거나 훔치지 않는다는 규칙을 지키지 않으면 물리적 제제를 가하는 방식으로 강제한다. 이게 법이다.

다른 방식, 즉 정치적 방식은 설득이다. 교화하고 교육해서 규칙을 지키도록 설득하는 것인데 늘 반항아·이단아가 있게 마련이다. 이들은 어쩔 수 없이 물리적 방식으로 제재해야 한다. 그러니까 정치적 방식은 비용 대비 효과가 매우 높은 방식이나 반항아·이단자에 대한 물리적 제재 방식을 배경에 놓지 않으면 안된다는 제한이 붙는다. 비록 어렵고 제한이 붙더라도 총칼을 앞세우는 물리적 제재보다는 훨씬 부드럽고 유연하고 평판이 좋다. 이게 영향력이다.

정치, 권력의 본질은 협박이다. 좋은 말로 설득할 때조차도 설득을 거부하면 총칼이 기다리고 있음을 고지하지 않으면 안된다. 칼을 뒤에 숨긴 부드러운 협박이 정치다. 이것이 본질임을 나도 알고 상대도 알기 때문에 설득이 통한다.

# 고성국 정치평론의 끝은 어디인가

고성국 정치평론의 끝은 어디인가. 나는 말을 할 수 없을 때는 글로라도 평론을 할 것이다. 생물학적 수명이 다 할 때까지. 그러나 다행히 내가 추구해 온 정치평론의 목표가 어느 정도라도 실현되는 날이 온다면 그전에라도 나는 미련 없이 펜을 놓을 것이다.

나는 국민을 위한 정치, 국민을 받드는 정치인이 자기를 위한 정치, 국민을 수단으로 이용하는 정치인보다 더 많이 활동하는 정치판을 만들기 위해 정치평론을 해왔다. 다수의 정치인들이 명실상부한 국민의 공복으로 활동하는 정치판이 구현돼도 여전히 정치평론은 필요할 것이다. 그때의 정치평론은 피냄새가 덜 나고 비판보다는 격려가 더 많은 평론이 될 지도 모르겠다. 그때가 바로 내가 펜을 놓을 때다. 혈혈단신 강호를 누비는 '외로운 늑대'가 더 이상 필요하지 않을 것이기 때문이다.

정치학을 윤리학과 철학에서 정치과학으로 끌어낸 마키아벨리는 평생 자신의 정치적 웅지를 피렌체를 통치하던 메디치가(家)의 군주들을 통해 구현하려 했다. 메디치가에 대한 마키아벨리의 '구애'는 2,500년 전 춘추전국시대에 할거하던 군웅들에게 자신의 사상을 '구애'하기 위해 노심초사하며 떠돌던 공자를 연상케 한다.

칼 맑스와 막스 베버도 자신들의 사상·이념을 현실에서 관철하기 위해 조직을 만들고 정치판에 뛰어들었다. 나 고성국은? 감히 이들과 비교할 수는 없지만 비록 보잘것 없어도 나는 나의 길을 가겠다. 정치평론에서 시작해 정치평론으로 끝내겠다.

## 힘과 영향력의 세계

　　정치는 힘의 세계이고 정치평론은 영향력의 세계이다. 힘도 영향력도 사람들을 움직인다. 힘은 직접적이고 영향력은 간접적이다. 힘은 강제력의 세계이고 영향력은 설득과 동의의 세계다. 힘은 때로 무자비하고 잔혹하나 영향력은 자발성과 개방성과 유연함과 부드러움을 생명으로 한다. 영향력의 간접적 성격·설득과 동의의 어려움, 자발성과 개방성의 변덕스러움 때문에 정치평론을 접고 정치의 세계로 뛰어드는 사람들을 나는 이해한다. 그러나 나는 그 길을 거부한다. 체질에 맞지 않을 뿐만 아니라 진정으로 사람을 바꾸고 세상을 바꾸는 것은 힘이 아니라 영향력이라고 믿기 때문이다.

　영향력의 세계인 언론과 평론계에도 힘이 존재하지 않는 것은 아니다. 밤의 대통령이라 불리었던 방우영 조선일보사주와 같은 언론사 사주들, 입으로 사람을 죽이기도하고 살리기도 한다는 언론사 주필 논설위원이

나 중견 기자들, 모든 연예인들이 고개를 숙인다는 예능 PD들, 드라마 PD들과 몇몇 작가들을 보면 언론계 평론계에도 영향력보다는 힘이 앞선다는 느낌을 지울 수 없다. 그럼에도 나는 영향력의 힘을 믿는다. '권력은 짧고 예술은 영원하다'는 말도 있지 않은가. 힘에 취한 권력자들의 허무한 종말을 한두 번 보았던가. 모든 건 한순간 반짝하고 떨어지는 꽃잎이고 지나가는 바람이다. 나는 그런 허망한 힘을 쫓아다니지 않으려 한다. 정치는 '허업(虛業)'이란 말도 있지 않은가. 그 수많은 '허업'들에 나까지 거들 거야 없지 않겠는가 말이다.

# 나는 상상한다

　　나는 상상한다. 힘들 때마다 상상 속에서 위안을 찾는다. 후보를 취재하기 위해 이동하는 차창에 잠시 머리를 기대고 선잠에 빠져 들면서 꿈꾸는 나의 은퇴기에는 강릉, 경주, 통영, 하동, 부산 같은 동네들이 떠오른다. 그냥 다녀오는 것이 아니라 살고싶은 곳들이다. 다못 1~2년씩이라도 말이다. 경주의 최병익은 '박사님이 은퇴하면 그런 곳에 모시고 살고 싶다'고 말했다. 그가 막내 동생처럼 고맙다.

　자주 다니다 보면 왠지 정이 가는 곳이 있다. 꼭 무슨 추억이 있거나 친한 친구가 있는 곳이 아니지만 문득 생각 나는 그런 곳 말이다. 강릉, 경주, 통영, 하동, 부산이 그런 곳이다. 자주 다녀 더 잘 알게 된 곳도 있지만 그저 한두 번 스치듯 지나갔을 뿐인 곳도 있다. 그런데도 언젠가 가서 살고 싶어지는 것은 왜일까?

　다시 찬찬히 살펴보니 이곳들은 다 눈이 시원한 곳

들이다. 산과 들이 있어 푸른 곳이고 바다가 있어 푸른 곳이다. 사람들이 쏟아지듯 많지도 않지만 아예 사람이 없는 곳도 아니다. 그냥 적당하게 한적하고 적당하게 바쁜 곳들이다. 사람들이 모여 사는 마을들이 여기저기 흩어져 있고 적당히 분주한 읍내가 있다. 풍광 좋은 곳에 자리잡은 카페와 식당들이 있고, 느긋하게 걷다 쉬다 할 수 있는 산책로들이 있다. 이런 곳에 마음을 뺏기면 다들 세컨하우스를 마련하려 한다는데 나는 아직까지는 그럴 생각이 없다. 욕심이 없다면 거짓말일텐데 한 군데 붙잡혀 살 자신이 없는 탓이리라. 살다 싫증나면 언제든 훌훌 털고 일어날 것이 분명하니 몸을 가볍게 해야 한다는 생각 때문이다. 그렇다고 힐난하지 마시라 싫증나 떠나도 곧 다시 그리워질 곳들이니.

## 아미고가 고성국이다

      고성국TV는 정치평론 방송만으로 8년이 채 안 되는 시간에 134만 유튜브가 됐다. 사람들은 134만이라는 숫자에 놀라지만 나는 8년이란 시간이 새삼스럽다. 거의 하루도 거르지 않고 달려온 8년이었다. 모든 것에 우선한 고성국TV였으니.

  8년 전이나 지금이나 컴맹이지만 나는 뉴미디어의 주류인 유튜브 세상에서 100만 크리에이터가 되었다. 3만 아미고와 함께. 고성국TV와 아미고는 뗄래야 뗄 수 없는 관계다. 고성국TV가 있어 아미고가 생겼지만 이제는 아미고 없는 고성국TV는 생각할 수 없다. 이 말은 언론사들마다 내세우는 '시청자가 주인입니다' '구독자가 왕입니다' 식의 입에 발린 구호와는 완전히 다르다. 고성국TV가 아미고고 아미고가 고성국TV다. 그래서 고성국TV는 그 수많은 유튜브 채널과는 전혀 다른 커뮤니티다.

광화문에서 아미고 모자나 아미고 티셔츠를 보면 가슴이 울컥한다. 반가워서다. 아니 반가움 그 이상이다. 일부러 아미고 모자를 쓰고 아미고 티를 입고 사람들 앞에 나서는 아미고 동지들의 그 마음을 알기 때문이다. '나는 아미고다'라는 선언, '여기 아미고가 있다'는 외침에 울컥하지 않는다면 그는 아미고가 아니다.

신문, 잡지, 지상파, 종편, 라디오, 유튜브, 세상의 모든 언론을 통털어 봐도 고성국TV 같은 매체는 없다. 아미고와 함께 시작하고 아미고와 함께 끝나는 고성국TV 같은 매체는 지금껏 없었고 앞으로도 없을 것이다. 그러므로 아미고 식구 여러분! 여러분은 마음껏 자랑하셔도 양껏 자부심을 가지셔도 된다.

"나는 고성국TV고 나는 아미고다." "나는 고성국이고 고성국이 나다."

## 제1호 정치평론가

      나는 '우리나라 제1호 정치 평론가'다. 방송 자막에 '정치평론가'라고 소개된 첫 번째 사람이다. 이것이 나를 '정치권 외도'로부터 지켜준 방패였다. 정치평론을 전문직업으로 하는 정치평론의 새로운 장을 열었으니 그걸 끝까지 지켜내겠다는 결심은 1996년 세워졌다. 1996년은 떨치기 어려운 유혹의 시간이었다. 부산과 서울 어디든 원하는 곳에 공천 주겠다는 신한국당의 제안은 손만 뻗으면 딸 수 있는 맛있는 과일을 앞에 둔 배고픈 아이같이 가난한 정치 평론가에게는 거부하기 어려운 달콤한 제안이었다. 나는 그 유혹을 이겨냈다. 방송을 통해 얼굴을 알리면 바로바로 정치판으로 팔려가던 때였다. 고민이 없었다면 거짓말이다. 그때 나를 지켜낸 건 우연히 붙여진 '1호 정치평론가'라는 타이틀이었다.

    ○○대학 교수 같은 직함이 하나도 없는 나를 소개

하기 위해 어느 방송국PD가 대충 붙여준 '정치평론가' 라는 타이틀이지만 나에게 그것은 내 존재감과 자존심 의 원천이 되었다. 나는 지금도 이런 저런 자리에서 나를 소개할 때 '정치평론가 고성국'을 쓴다. 그때나 지금 이나 다른 직함이 없기 때문이다.

정치가 없으면 정치평론도 없다. 정치를 평론하는 게 정치평론이므로 평론할 정치가 없는데 정치평론이 어떻게 존재할 수 있겠는가.

그러나 동시에 정치평론이 없으면 정치도 없다. 정치는 권력관계이므로 태초에 인류가 출현했을 때부터 있었다. 하나님이 외로운 아담을 위해 그의 갈비뼈로 이브를 만들어 인간이 둘이 됐던 그때부터 정치가 시작되었다. 둘 사이에서 권력관계가 시작됐으므로. 다만 그것을 정치로 인식하게 된 것은 정치평론이 나타나면서부터였다. 그저 하늘의 섭리나 자연스러운 질서로 받아들였던 권력관계가 권력을 둘러싼 사람들 간의 투쟁 타협의 결과라는 걸 사람들은 정치평론을 통해 알게 된 것이다.

## 세상을 바꾸는 정치평론

"내가 너를 꽃이라 부른 후 너는 나에게 꽃이 되었다." 딱 그대로다. 정치평론이 인간관계의 본질을 권력관계, 즉 정치라 부른 이후 정치는 우리에게 우리가 아는 바로 그 정치가 되었다.

대개의 경우 정치평론이 정치를 쫓아가지만 때로 정치가 정치평론을 쫓아오는 경우가 있는 것도 이런 이유 때문이다.

모든 정치평론가는 정치가 자신의 정치평론을 따라오기를 열망한다. 평론으로 세상을 재해석하고 그 해석을 통해 세상을 바꿀 것을 열망한다.

이른바 수많은 '생계형 평론가들'조차 이 열망을 갖고 있다. 모든 평론가들이 평론의 세계에 입문할 때의 동기가 그러하므로.

열망한다고 다 이뤄지는 건 물론 아니다. '능력껏 일하고 필요만큼 갖는다'는 맑스의 사이비 유토피아세계

라면 모를까.

　정치가 정치평론을 따라오게 하려면 정치평론이 정치인들을 감동, 격동시켜야 한다. 그러나 수많은 자기 방어기제라는 갑옷과 방패로 무장하고 수없이 많은 이해관계 그물망 속에서 움직이는 정치인들을 펜 하나로 감동시키고 격동시켜 상투적이고 이미 계획된 타성적 정치에서 벗어나 때로는 심각한 정치적 손실, 더 나아가 정치 생명 전체를 걸고 행동하게 만드는 일이 어디 쉬운 일인가. 2,500년 전 공자도 못했던 일, 현대 정치학의 아버지 마키아벨리도 끝내 실패했던 일을 과연 어느 평론가가 해낼 수 있을 것인가.

　정도의 차이는 있지만 일개 재야 평론가였던 제갈량은 유비를 설득해 3국정립까지 나아갔고 사마의는 의심 많던 조조를 설득해 위를 3국 중 제1의 강국으로 만들었다. 크든 작든 정치인들을 격동시켜 세상을 움직인 평론가들의 특징은 세 가지다.

　첫째, 정세분석이 정확했다. 주관적 희망이 아니라

객관적 사실로써 숙련된 외과의의 수술처럼 냉정하고 거침없고 과감하게 정세를 분석했다.

둘째, 설득 대상인 정치지도자의 성격과 특성을 당사자들보다 더 정확하게 알았다. 유비가 대의명분을 중시하는 왕도지향적 지도자라는 사실을 간파한 제갈량은 그에게 한왕실 중흥을 위한 3국정립안을 제시했다. 반면 조조가 수단과 방법을 가리지 않는 패도지향적 지도자라는 사실을 간파한 사마의는 그에게 힘의 정치에 입각한 부국강병을 제시했다. 지도자의 성격은 언제 어디서나 상수지 변수가 아니다.

셋째, 대안 제시가 구체적이고 명료했다. 제갈량의 「3국정립 후 천하통일」, 사마의의 「부국강병 후 천하통일」 따로 설명이 필요한가?

생계해결이 목표라면 지금껏 해 오듯이 하라. 그러나 누구든 평론을 통해 세상을 바꾸고 싶다면 다시 시작하라. 정치지도자를 감동시킬 수 있는 냉혹한 정세분석, 정치지도자를 격동시킬 수 있는 담대한 제안제시. 그리고 그 분석과 대안이 정치지도자의 성격과 맞는지를 다시 점검하고 점검하라. 그리하면 길이 열릴 것이다. 매화향이 천리를 가듯 천하 변화의 미세한 징후도 귀 열고 눈뜬 지도자들에게는 어떤 형태로든 도달하기 마련이다.

## UFC와 같은 정치평론


'정세분석과 지도자의 성격파악, 그리고 대안 제시' 뭐가 제일 어려울까? 다 어렵다. 세상을 바꾸는 일이다. 쉽다면 개소리다.

어디서부터 시작할 것인가. 한꺼번에 해야 한다. 셋 중 어느 것 하나라도 빠지면 실패하기 때문이다. 역할 분담은 불가능하다. 세가지가 머리와 꼬리처럼 연결되어 있고 연동되기 때문이다.

이 세계는 UFC다. 그라운드만 좀 하는 선수, 타격은 괜찮은 선수는 주짓수 대회나 권투를 하면 된다. UFC는 모든 걸 거는 세계다. 정치평론은 여기에 더해 UFC가 허용하지 않는 온갖 불법과 사술과 반칙이 횡행하는 세계다. 헐리우드 서부영화의 1:1대결은 영화일 뿐, 개척기의 서부는 실제로는 뒤에서 쏘고 여럿이 공격하는 것이 일상인 세계였다. 선전포고 먼저하고 전쟁하는 나라는 없다. 국제법이 겁나 기습·선방을 자제하는 나라도 없다. 제갈량의 매복전술과 사마의의 반간계를 비신사적이라 비난하려면 실전에 나서지 말라. 김대업을 아무리 소리 높여 비난해도 이회창의 패배는 회복되지 않는다. 마키아벨리가 쓴 『군주론』의 실제 주인공 체사레 보르자는 그에게 붙여진 '도살자'라는 별명을 은근히 즐겼다. 적들의 공포감을 유발시키는 명칭이었으므로.

# 정치지도자는 당대가 아니라 역사속에서 빛난다

모든 정치지도자는 당대가 아니라 역사속에서 빛난다. 그의 승리와 성취는 누군가의 패배와 누군가들의 희생위에 서있을 수밖에 없으므로, 정치지도자의 윤리와 도덕기준이 일반인들의 그것과 차원이 다를 수밖에 없는 이유다. 문제는 권력과 정치의 이같은 본질과 속성이 거의 모든 것이 공개된 투명한 자유민주체제와 목소리 큰 국민, 언론들이 존재하는 현대정치 상황에서도 계속될 수밖에 없다는 것이다. 수많은 정치인들이 예전 같았으면 아예 문제도 안됐거나 알려지지도 않았을 사생활, 부패 같은 정치스캔들로 낙마하는 것이 현대정치다.

여기서 핵심은 권력의 기반이 정치지도자의 권위와 혈통배경과 군사력이 아니라 1인1표라는 국민 주권으로 바뀌었다는 것이다. 2차세계대전의 영웅 처칠이 선거에서 져 권좌에서 밀려나는 것이 현대정치다.

우리는 지금 정치지도자의 품성, 도덕성, 능력 그 어떤 것보다 대중들의 표를 끌어 모으는 능력이 중요해진 시대를 살고 있는 것이다.

"절이 싫으면 중이 떠나야 한다." 대중의 시대, 대중정치의 시대, SNS의 시대에 대중을 경멸하고 대중정치를 폄하하고 SNS정치를 적대시하는 정치인은 실패가 예정돼 있다. 그러므로 비비적거리지 말고 떠나라.

## 정치평론이 너무 많다

정치평론은 어렵다. 그런데 하는 사람은 너무 많다. 정치과잉의 시대를 살고 있는 대한민국 국민은 저녁 술자리에서는 누구나 다 정치평론가가 된다. 대개는 언론에서 보고 들은 것을 자기 생각인 것처럼 떠드는 '술자리 평론'들이지만, 개중에는 꽤 들을 만한 얘기들도 있다. 누구나 다 정치평론을 하게 된 데에는 이런 정치과잉 문화와 SNS의 역할이 크다. 누구든 원하기만 하면 자기 입맛에 맞는 '평론들'을 쇼핑할 수 있다. 게다가 그 세상에는 온갖 주변적인 잡동사니 '팩트'들이 잘 진열돼있다.

하루 종일 SNS 속에서 살아도 필경 놓치는 것들이 있을 수밖에 없으므로 정치평론가는 늘 의외의 기습을 당할 각오를 해야 한다. 사람들은 SNS 어느 구석에서 본 메시지를 근거로 정치평론가를 쉽게 무시한다. '그것도 모르고 무슨 평론이냐'는 식이다.

이명박 대통령이 4대강 사업을 밀어붙이던 때였다. OBS 아침 시사에 해설을 갔는데 주제가 4대강 사업을 둘러싼 정치권 공방이었다. 잘 풀어나가고 있었는데 여성MC가 뜬금없이 정말 뜬금없이 이랬다. '그런데 박사님 4대강이 어디예요?' 순간 '이것도 질문이라고!' 하면서 강 이름을 말했는데 한강, 낙동강, 영산강, 하다 갑자기 네 번째 강이름이 떠오르지 않았다. 4대강 사업을 둘러싼 정치권 공방을 한참 해설하던 중이었는데 막상 4대강 이름을 모른다면 이게 말이 되는 소린가. 에라 모르겠다. '그리고 금강입니다' 일단 질렀다. 영산강을 섬진강으로 착각하는 사람들은 있었어도 금강을 헷갈리는 일은 없었지만 갑자기 그 단어가 떠오르지 않을 때가 있지 않은가. 그렇다고 머뭇거릴 수도 없고 일단 질렀는데 방송 내내 편치 않았다. 혹시 잘못 말했으면 그 무슨 창피인가 싶어서 생방송을 끝내고 나오자 마자 확인했더니 다행이 금강이 맞았다. 휴 한 숨 돌렸지만 그때의 낭패감은 지금도 잊혀지지 않는다. 이런 식의 어려움과 실수는 언제든 있을 수 있다. 그래서 나는 고성국TV 생방송 중에는 약간만 확실치 않아도 스텝들에게 확인해달라고 한다. 유튜브니까 생방송으로 확인해 달라는 요청이 어색하지 않지만 지상파, 종편이나 라디오에서는 쉽게 할 수 없는 행동이다. 그렇지만 나는 지상파건 라디오건 생방송 중에라도 확실하지 않은 것은 사실확인을 해야 한다고 믿는다. 그것이 아는체하는 것보다 더 정직하고 확실한 방법이기 때문이다.

## 진짜 어려운 건 프레임

사실 평론의 진짜 어려운 점은 다른 데 있다. 프레임이다. 프레임 즉 분석틀이 있어야 평론이지 프레임이 없으면 분석이 아니라 묘사, 서술, 설명에 그칠 수밖에 없다. 정치평론이 뉴스를 전하는 리포트나 정황에 대한 묘사, 양쪽 주장에 대한 전달로 시종하면 그건 더 이상 정치평론이 아니다. 그것은 리포트다. 정치평론은 리포트를 분석, 평가, 주장하는 것이어야 한다.

독자는 정치평론가의 주장을 기대하지 설명을 기대하는 것이 아니다. 설명은 기자의 영역이다. 언론인의 필수요건인 6하원칙 '언제, 어디서, 누가, 왜, 무엇을, 어떻게'는 설명이다. 여기 어디에 분석이 있고 평가가 있고 주장이 있는가.

분석을 하고 평가를 하고 주장을 하려면 분석의 틀과 평가의 기준 그리고 주장의 지향성이 있어야 한다. 그래야 비로소 평론이다.

대한민국에서 활동하는 자칭 타칭 정치·시사 평론가들 중 이같은 평론가의 자격을 갖춘 사람은 많이 잡아야 서너 사람에 불과하다.

　좌·우·중도를 통틀어 그렇다. 나머지 수십, 수백 명의 평론가들은 평론의 이름으로 설명하고 묘사하고 서술하는 리포터일 뿐이다.

　이들 리포터들과는 토론이 불가능하다. 장황한 서술과 설명은 그냥 들어주면 되는 것이지 논증과 논박의 대상이 될 수 없는 것이다. 평론의 부재는 곧 담론의 부재다. 주장이 없으니 토론이 없고 토론이 없으니 담론의 장이 만들어질 수 없다.

## 좌파 평론, 프레임이 아니라 교조

몇몇 좌파 평론가들이 자못 대단한 프레임을 갖고 있는 것처럼 행세하고 다니기는 한다. 그러나 이들의 프레임은 분석의 틀, 토론과 주장의 틀이라는 의미의 프레임이라기 보다는 교조에 가깝다. 150년 전 마르크스가 주장한 낡고 낡은 혁명의 교조이거나 그에 전혀 미치지 못하는 조잡한 사이비 미신집단인 김일성, 김정일, 김정은의 주체사상 수령론 교조에 불과한 것을 대단한 프레임처럼 위장하고 있는 것이 한국 종북주사파 평론의 수준이다. 나뭇잎 타고 압록강을 건너 솔방울 폭탄으로 일본군을 척살했다는 동화를 철석같이 믿는 강철 머리들하고 무슨 토론을 할 수 있겠는가. 이들이 권력을 잡고 문화 헤게모니를 구사하는 이 척박한 무지성의 사회에서 제대로 된 정치평론이 꽃을 피운다는 것은 말그대로 연목구어 일 수밖에 없지 않겠는가.

## 확증편향과 싸운다

　　TV가 그랬고 종편이 그랬듯이 SNS 또한 모든 사람을 정치평론가로 만들고 동시에 대다수 사람들을 확증편향의 군중으로 전락시킨다. SNS는 아무래도 확증편향의 증폭기 역할을 하는 경향이 있는 것 같다. 단단한 이론과 해박한 팩트로 무장하지 않은 일반인들에게 이 확증편향의 유혹과 함정에서 알아서 빠져나오라고 요구하는 것은 무리다. 1%의 사실과 99%의 거짓으로 그럴듯하게 버무려진 가짜뉴스, 괴담, 여론조작과 선동은 웬만큼 방어력을 가진 사람이 아니면 넘어가기 십상이다. 더구나 팩트보다는 주장이 객관적 진실보다는 주관적 이념이 절대적으로 우선되는 혁명가, 선동가, 이데올로그들이 아예 처음부터 의도적으로 사실을 왜곡하고 비틀어 전파하는 SNS를 일반인들이 판별해내는 것은 말 그대로 역부족이다. 8년 전 '박근혜 탄핵'이 극소수 좌파 혁명분자들의 선동과 여론전파와 대다

수 국민들의 확증편향 그리고 여기에 부화뇌동한 정치인들과 여론 주도층의 야합에 따라 잔인하게 진행됐던 것을 우리는 기억한다. 지금은 자유우파 평론을 하는 대다수 정치평론가들도 당시 탄핵 광풍에 휩쓸렸던 황당하고 참담한 기억 또한 잊을 수 없다.

## 좀비도 한 칼이 있다

나는 이들 확증편향자들과 싸운다. 최소한의 이론적 기초도 안된 자칭 평론가들과도 싸우고, 확증편향에 빠져 자신이 무슨 말을 하는지도 모르는 광신도들과도 싸운다. 베고 베어도 다시 스멀스멀 다가오는 좀비들과의 끝나지 않을 것 같은 싸움에 때론 나도 지친다. 허접한 좀비들이지만 다 한칼씩은 있다. 약간의 방심에도 다칠 수 있다.

확증편향 광신도들은 착각한다. 자신들이 숭배하고 따르는 자가 정의의 화신이고 역사의 정방향에 서 있다는 착각 말이다. 대깨문, 개딸, 개국본들은 문재인, 이재명, 조국을 '사랑'해서가 아니라 이들이 던져준 희생양 박근혜, 윤석열, 김건희를 저주하고 증오하는 힘으로 움직인다.

확증편향 광신도들을 움직이는 힘은 긍정의 에너지가 아니다. 누군가를 증오하고 저격하고 경멸하는 부정의 힘이다. 그래서 파괴적이고 그래서 극단적이다. 나치가 독일 국민을 움직인 힘이 유태인에 대한 증오였듯이 한국의 종북주사파는 이승만을 부정하고 박정희를 증오하고 전두환을 조롱하고 박근혜를 모욕한다. 윤석열, 김건희에 대한 부정과 증오와 조롱과 모욕은 종북주사파들이 지난 70여 년간 살아남은 바로 그 부정의 힘에 기반하고 있다.

## 모여 있는 건 군중, 조직되면 군대

　　문제는 이런 사태에 대처하는 자유우파 진영의 태도다. 자유우파 국민은 조직되어 있지 않다. 국민의힘 당원이라도 크게 다르지 않다. 이들은 산개해 있고 산재해 있으며 그냥 모여 있다. 그냥 모여 있는 대중. 우리는 이들을 군중이라 부른다.

　조직되어 있으면 군대지만 그냥 모여 있으면 군중이다. 로마군이 수적으로 우세한 이민족을 정벌하고 정복한 비결은 조직과 훈련이었다. 100명의 로마군으로 구성된 백인대가 로마군의 기본 단위 조직이었다.

　100명의 로마 병사는 자신이 속한 백인대의 대장과 동고동락했고 명령을 목숨처럼 지켰다. 이를 위해 로마군은 실전을 방불케 하는 훈련을 거듭했다. 『로마제국 쇠망사』에서 에드워드 기번은 이렇게 썼다.

　'로마군의 훈련과 실전은 피를 흘리는 것 말고는 똑같았다. 실전과 같은 훈련이 로마군을 상승군대로 만든

비결이었다.'

'훈련을 실전처럼 실전을 훈련처럼!'

'훈련에서 흘린 땀만큼 실전에서는 피를 덜 흘린다.'

대부분의 현대군은 로마군의 이 원칙을 받아들이고 있다. 그중 미국군의 원칙 고수는 각별하다. '실전과 같은 환경에서 실전과 같은 훈련을 하지 않고는 절대 실전에 투입하지 않는다.' 조직되고 훈련된 정예군 100명은 무질서하게 달려드는 천 명, 만 명의 적을 능히 격퇴할 수 있다. 군대와 군중의 싸움은 애초부터 성립되지 않는 것이다.

## 좌파는 조직한다

종북주사파들은 언제 어디서나 조직하고 교육한다. 종북주사파 활동가들은 정당뿐 아니라 이익단체. 시민단체 심지어 친목회나 동창회까지도 조직한다. 조직하면 교육하고 어떤 형태로든 실전에 참여시킨다. 촛불집회, SNS 댓글투쟁 같은 가시적인 것들로 말이다.

레닌은 이스크라라는 선전 팜플렛을 신문 형태로 만들어 배포하면서 이렇게 주장했다. '신문은 조직이다. 이스크라는 조직이다' 레닌의 말대로 이스크라는 러시아 짜르정권을 무너뜨리고 소련 공산주의를 세우는 혁명에서 조직이자 홍보이자 교육의 매개체였다. SNS, 유튜브는 21세기 이스크라다. 유튜브는 21세기 형 조직이자 정치·이념 교육이자 홍보수단이다. 그것을 정확하게 이해하고 실천하는 쪽은 종북주사파 유튜브 채널이고 그걸 돈벌이 수단으로 이용하는 쪽은 일부 자유우파 유튜브 채널이다. 바로 이 차이가 유튜브의 전투력의 차이고 유튜브의 계급성의 차이가 된다. 고성국 TV와 아미고가 특별하고 소중한 이유가 여기에 있다.

그런데 극적인 전환이 2025년에 있었다. 대한민국 자유유튜브총연합 '대자유총'의 출범이 그것이다. 이제 자유우파 유튜브들도 종북 주사파에 맞설 자유우파의 교육·홍보·조직의 본대를 갖게 된 것이다. '대자유총'의 건승을 기원한다.

## 정치는 사랑이다

　　정치는 사랑이다. 정치는 연민이고 정치는 공감이며 정치는 화이부동(和而不同)의 상생이며 정치는 그리하여 마침내 사랑이다. 김지하는 30여 년 전 '죽음의 굿 판'을 걷어치우라며 종북주사파의 음험한 동굴을 박차고 나왔다. 많은 사람들이 한 때 좌파혁명가의 길을 걷다 전향했다. 그들은 죽음을 버리고 삶을 선택한 사람들이다. 음침한 음모와 공작을 버리고 밝고 넓은 대로와 광장을 선택한 사람들이다.

　전향은 혁명이다. 그들 안의 인생, 이념, 삶 모두를 전복시키지 않으면 전향은 없다. 전향했다면서 이전의 행태를 반복하는 사람은 아직 제대로 전향하지 않았거나 전향할 그 무엇, 처절하고 치열한 혁명의 전사(前史)가 없는 사람이다. '20대에 혁명하지 않으면 가슴이 없고 40대에 보수하지 않으면 머리가 없다' 처절하게 혁명하지 않았다면 처절하게 보수할 수 없다.

정치평론이 막다른 길에서 멈칫 멈춰 설 때가 있다. 치열하지도 처절하지도 않은 자와 맞닥뜨렸을 때다. 이런 자들은 맞아도 맞은 줄 모르고 찔려도 찔린 줄 모른다. 신경이 거세된 물컹거리는 생물체와 싸우는 게 얼마나 막막한지….

## 전향은 혁명이고 배신은 야합이다

　　종북주사파들은 전향을 배신이라 하지만 전향과 배신은 차원이 다르다. 배신은 개인적 이해관계에 따른 현실적 선택이지만 전향은 역사와 대의명분 따른 실존적 결단이다. 배신은 수평적 자리 이동이지만 전향은 수직적 차원 이동이다. 그러므로 배신은 설명 자체가 구차한 자기 변명일 수밖에 없으나 전향은 시대의 양심으로 널리 천명되고 알려져야 한다.

　　쪼잔하고 초라한 이해 추구자들에게는 '먹을 것'에 대한 집요한 몰입 말고는 아무것도 없다. 끊임없이 영역을 확대하고 자기복제만 해대는 아메바가 바로 그들이다. 달면 삼키고 쓰면 뱉어 버리는 단세포 생물들. 그래서 이들은 멸종되지 않고 종식되지 않는 것이리라. 오래 살아남아 지금도 지구를 사실상 지배하고 있고 인류가 사라진 이후에도 살아남을 것이 분명한 바퀴벌레처럼, 배신자들은 앞으로도 결코 사라지지 않을 것이다.

## 정치는 마침내 사랑이다

정치는 사랑이다. 사람에 대한 사랑이고 사회에 대한 사랑이며 국가에 대한 사랑이고 인류에 대한 사랑이며 뭇 생명체들과 함께 어우러져 있는 지구 공동체에 대한 사랑이다.

인류를 대신해 십자가에 못박힌 예수의 사랑, 대자대비한 석가모니의 사랑, 측은지심이 인간으로서 최소한의 조건이라고 설파한 공자의 사랑, 그 모든 성현들의 가르침 또한 사랑으로 귀착된다.

뭇 생명에 대한 사랑, 인간에 대한 사랑. 국가, 사회, 공동체에 대한 사랑이 없는 자 정치할 자격 없다. 정치가 구사하는 모든 권모술수와 정치공학 또한 사랑에 기반하지 않으면 동물의 세계로 전락할 뿐이다. 문재인, 조국, 이재명 따위들이 정치하면 안된다고 믿는 이유다.

## 말보다 글이다

평론의 수단은 말과 글, 두 가지다. 둘 다 잘하는 평론가는 거의 없다.

닭과 달걀의 논쟁 같지만 글과 말 중 우선은 글이다. 말만 되는 사람들은 많지만 글과 말이 같이 되는 사람은 별로 없다. 글을 소리로 옮기면 말이 되지만 말을 문자로 옮긴다고 바로 글이 되는 것은 아니다. 문어체 말은 있어도 구어체 글은 없다. 소설이나 드라마 시나리오라면 모를까.

요즘 방송에 나오는 평론가들은 글이 아니라 말로 시작해 말로 끝나는 사람들인 것 같다. 나는 이런 사람들을 평론가로 인정하지 않는다. 정치 예능인이라면 몰라도.

# 글은 무엇인가

　글, 그 중에서도 정치평론 글은 정치학적 기초가 없으면 쓰기 어렵다. 정치 미셀러니(miscellany)라면 모르겠으나 정치평론은 평론가의 정치학적 퍼스펙티브(perspective, 관점)가 없으면 쓸 수가 없다. 정치학적 퍼스펙티브는 상당한 정도의 정치학 훈련과 연구가 없으면 구축되지 않는다.

　석사 논문은 이런 것을 맛보게 하는 과정이다. 주제를 잡는 방법, 선행 연구를 읽는 방법, 가설을 세우는 방법, 그걸 변증하는 방법, 그 과정에서 자료를 정리하고 인용하는 방법들을 배우는 것이다. 거기서 더 나아가 정치학적 퍼스펙티브를 고민하려면 박사과정을 밟아야 한다. 수많은 독서와 토론을 통해 자신만의 퍼스펙티브를 가져야 비로소 박사 논문을 시작할 수 있다.

　딱 10년 만에 박사 논문(고려대학교 학칙으로 정해진 기한)을 마치자 심사위원 교수들이 나에게 한 말은 '이제 자

네도 동업자가 됐네', '이제 선생 없이 혼자 연구할 수 있는 자격증이 생겼으니 마음껏 연구해 보게'였다.

사람들은 하루에도 수십 명의 자칭·타칭 정치평론가들로부터 온갖 정치 이야기를 듣는다. 그러나 그들 중 혼자 연구할 자격을 갖춘, 나름의 퍼스펙티브를 가진 진짜 평론가는 과연 몇이나 될까?

# 개나 소나 다 하는 정치평론

'제1호 정치평론가'로서 나는 개나 소나 다 하는 것처럼 돼 버린 정치평론 시장의 개혁과 업그레이드를 심각하게 생각해 본 적이 몇 번 있다. 정치평론가 협회를 결성하는 방법, 정치평론가 인증 자격증을 발부하는 방법 등. 어느 것도 하지 못한 채 여기까지 왔는데, 이유는 딱 하나, 정치평론 시장을 장악하고 있는 언론이 정치평론의 수준 향상에 아무런 관심을 갖지 않기 때문이다.

언론은 자기들이 만들어내는 '정치평론'이 내용 없고 천박하며 감히 평론이란 말을 붙일 수도 없을 정도로 허접한 것이라는 데에는 별 관심이 없다. 그들이 관심 갖는 건 오직 시청률이다. 허접하든 천박하든 시청률만 잘 나오면 만사 OK가 언론이다. 악화가 양화를 구축하듯 평론 시장에서도 천박하고 허접하나 재미있고 선정적인 이야기꾼들이 진짜 정치평론을 몰아내고 있다. 진짜 정치평론가들도 책임이 없는 것은 아니다. 진짜 정치평론이 다 재미없어야 하고 자극적이지 않아야 하는 것은 아님에도 그들의 평론은 내가 봐도 재미없고 무색무취다. 왜? 이들은 글을 말로 풀어내는 "평론의 기술(the art of criticism)"를 갖추지 못했다. 같은 얘기도 따분하고 지루하며 답답하게 한다. 맛없는 빵을 건강에 좋다고 꾸역꾸역 입에 넣어주는 꽉 막힌 엄마 같은 평론이다. 글을 알고 이를 자유자재로 말로 풀어낼 만큼 통달해 있지도 못하고 여유도 없다. 생방송이 낯설고 지나치게 긴장을 한다. 이러니 입만 열면 빵빵 터뜨리는 정치 예능꾼들에게 밀려날 수밖에 없지 않겠는가.

딜레마를 해결하는 방법은 의외로 간단하다. 진짜 정치평론가들이 재미있게 평론하면 된다. 관점이 뚜렷하고 논리정연한데 재미있기까지 하다면 그런 정치평론을 대중이 외면할 리가 없다.

## 정치평론이냐 정치예능이냐

내가 방송에서 퇴출된 5년여간 한국 정치평론 시장은 심각한 정체와 퇴행을 했다. 정치예능인들이 정치평론 시장을 장악해 버린 것이다. 제대로 된 정치평론의 장에 감초 정도의 역할을 하는 정치예능인이 한둘 섞여 있는 정도라면 나쁘지 않다고 생각한다. 그러나 그 반대라면? MSG로 범벅된 음식으로 미각을 잃어버린 현대인과 같은 꼴이 아닌가. 건강을 최우선으로 하는 의식 있고 실력 좋은 셰프들과 진짜 맛을 아는 미식가들이 만났을 때 MSG 범벅의 정크푸드를 넘어설 수 있듯, 진짜 평론가들과 그 진짜 평론가들의 평론을 즐길 줄 아는 수준 높은 시청자·독자들이 만나야 한다.

지상파, 종편, 라디오, 신문 이른바 레거시 미디어에서 만나기 어렵다면 뉴미디어 유튜브에서라도 만나야 한다. "MBC 안본 지 오래 됐어요." "조선일보 끊었어요." 이런 말씀들을 하시는 아미고 회원들이야말로 진짜 정치평론을 즐길 줄 아는 평론 미식가들이다.

얼마 전 2주일에 한 번 꼴로 글을 쓴 적이 있다. 아시아투데이 주필 칼럼이다. 지금은 그만뒀지만…. 주필은 언론사의 얼굴이므로 아무리 내 이름 달고 나가는 칼럼이라도 아시아투데이의 제작 방향과 다른 얘기를 함부로 할 수는 없다. 20여 년 만에 다시 정기적으로 글을 쓰면서 글 쓰는 일의 어려움을 새삼 느꼈다.

글 쓰는 일은 나를 각성시키는 일이다. 하루 2시간씩 말하는 일을 하고 있지만 말을 활자로 옮긴다고 글이 되는 것은 아니다. 시간은 없고 능력도 달려 어쩔 수 없이 말을 먼저 녹취하고 그걸 글로 묶어 책을 낸 적도 몇 번 있지만, 그건 그야말로 편법이었다. 책은 말이 아니라 글로 쓰는 것이다. 사실 좀 쉬울 줄 알고 말을 풀어 책을 낸 것이지만 솔직히 고백하자면 그건 처음부터 글로 쓰는 것보다 몇 배 더 번잡하고 어려운 일이었다. 글의 호흡과 말의 호흡은 다를 수밖에 없고 사고의 흐름을 따라 즉흥적으로 내뱉은 말을 문장으로 다듬는 것은 전혀 안 맞는 옷을 이리 자르고 저리 붙여 억지로

몸에 꿰어 맞추는 것과 같아서 제대로 된 옷 꼴이 나올 수 없는 무모한 짓이었다.

이 글을 쓰면서 다시 느낀다. 글 쓰는 건 정말 힘들구나. 그러나 어쩔 수 없는 글쟁이인 나는 이렇게 진이 빠지는 글을 한 땀 한 땀 바느질하듯 써 내려 가면서 즐거움과 재미를 느낀다. 여러분에게도 그런 재미와 즐거움이 전해진다면 좋으련만.

## 치사한 놈이 제일 힘들다

2024년 4월 10일. 또 한 번의 전투가 있었다. 나는 이 싸움에 외곽 전력으로 참전했다. 주력부대로부터 어떠한 요청도 없었지만 이 싸움은 그들만의 싸움이 아니라 우리들의 싸움이기도 했으므로 나는 주저 없이 뛰어들어 싸웠다.

이번 싸움에서도 우리 쪽 전사들이 많이 죽고 다쳤다. 대참패였다. 그러나 막판 분전 끝에 마지노선은 지켜냈다. 이번에도 나는 여기저기 부상을 입었지만 4년 전처럼 심하진 않았다. 4년 전에는 부상으로 한 두어 달 고생 했었는데 이번에는 1주일만에 털고 일어났다. 그렇다고 이번 싸움이 4년 전보다 덜 치열했던 것은 아니다. 절실함은 덜 했을지 몰라도 치열함은 더했다. 상대가 길거리 파이터였기 때문이다.

길거리 파이터들을 상대하기 어려운 것은 이들이 변칙과 반칙으로 무장돼 있기 때문이다. 이들에게는 정도와 사도의 경계가 없다. 이기는 게 강한 것이고 이기는 게 곧 정도다. 싸움에서 가장 상대하기 싫은 놈이 치사한 놈인데. 길거리 파이터들은 이 치사함을 무기로 쓰는 자들이다. 불법 채권추심하면서 안방에 드러눕고 거기서 똥오줌까지 싸는 치사한 놈들 말이다. '무서워서가 아니라 더러워서 피한다'는 말이 딱 들어 맞는 그런 종자들 말이다.

# 어떻게 똑같은 이유로 또 지나!

인간은 망각의 동물이 맞다. 4년만에 다시 집단 패싸움판에 끼어들어 싸웠지만, 4년전과 거의 똑같은 이유로 그때와 비슷하게 참패를 당하고 나니 정말 어이가 없다. 마르크스는 '역사는 되풀이된다. 처음에는 비극적으로 나중에는 희극적으로'라고 했다. 이번의 참패가 바로 그렇다. 정말 우습게, 정말 우습지도 않게 져버렸다. 모든 걸 정치 초짜 황교안에게 걸었다 진 4년전처럼. 이번에는 더 정치 '생초짜' 한동훈에게 모든 걸 걸었다가 져버렸다. 두 사람은 엘리트 검사 출신에 법무장관을 지낸 것까지 똑같다. 물론 다른 점도 있다. 황교안은 선거 중반부터 공천권을 김형오한테, 선거지휘권을 김종인한테 뺏겨 버렸는데 한동훈은 그 모든 걸 움켜쥐고 갔다. 4년전에는 야당으로 싸웠지만 이번에는 여당으로 싸운 것도 차이라면 차이다. 그러나 이런 차이에도 불구하고 나는 두사람의 같은 점이 더 결정적이었다고 생각한다. 리더십이다.

리더십은 이 모든 변수들을 뛰어넘는 싸움의 가장
중요한 요소다.

## 패배의 현장을 지켰다

　　싸움에 나선 전사들은 승패가 나고 나면 바로 싸움터를 떠날 수 있다. 졌든 이겼든 일단은 피비린내 나는 전장을 떠나 상처입은 영혼과 상처투성이의 몸을 누일 수 있다. 그러나 나는 그럴 수 없다. 패배가 확정되어 가는 저 피 말리는 개표현장과 참패 후 집단 패닉에 빠진 동지들을 외면할 수 없기 때문이다. 패배 후 의례껏 따라오는 온갖 책임들을 피할 수도 없고 이 모든 상황으로부터 다만 며칠만이라도 떠나 있을 수도 없다. 2024년 4월 10일 나는 또 다시 그 패배의 현장을 지켰다. 점점 확실해지는 대패 속에서 패배 후 상황에 대처하지 않을 수 없었다. 선거때보다 선거후가 더 고통스럽고 힘들었다. 이것도 운명인가!

　권한에 따르는 것이 책임이다. 권한 없는 자는 책임질 자격도 없다. 그런데 아무런 권한도 없고 어떤 영향력도 행사할 수 없었던 내가 왜 두 번씩이나 선거 참패의 책임을 져야 했는가.

마땅히 책임질 자들이 책임을 피해 버렸기 때문이다. 황교안은 마지막 전투 중에 전장터를 떠나 버렸고 한동훈은 전투 종료와 동시에 사라져 버렸다. 책임을 지고 패배의 현장을 수습하고 부상자들을 챙기는 모든 일들은 자유우파 국민들이 떠맡을 수밖에 없었다.

패배의 충격에서 다시 일어서는 일도. 그 참담한 패배속에서도 국가경영을 이어 나가는 일도 윤석열 대통령과 자유우파 국민들에게 대책 없이 떠맡겨 졌다. 선거의 주체였던 국민의 힘 누구도 패배에 책임지지 않았고, 패잔병들을 수습하지도 않았다.

## 졌지만 등을 보이지 않았다


애초부터 자격이 없던 자들이었다. 나라의 운명과 국민의 안전을 믿고 맡길 만한 자들이 아니었던 것이다.

안쓰러웠던지 원로 선배 몇 분이 '고박사도 한 며칠만이라도 고성국TV를 쉬는 게 어떠냐 국민들도 이해하지 않겠는가'라는 고마운 말씀들을 해주셨다.

그러나 그럴 수 없었다. 비록 졌지만 적에게 등을 보이고 싶지 않았다.

권투를 시작할 때 눈감지 않는 것부터 배운다고 한다. 눈앞으로 주먹이 날아오는데 어떻게 눈을 감지 않을 수 있는가. 위험에 처했을 때 눈을 감는 건 동물적 본능이다. 이걸 이겨내야 권투를 할 수 있다. 골프도 공을 끝까지 보라고 가르친다. 그러나 순간적으로 힘을 줘 임팩트 있게 쳐야 하기 때문에 그 순간 눈을 질끈 감게 된다. 이 또한 본능이다. 이걸 이겨내야 프로가 된다.

선거에 지는 것은 고통스럽다. 아무리 '병가지상사'라 하지만 지는 것은 괴롭고 그걸 견뎌내는 건 더 괴롭다. 그러나 정치지도자라면 그 패배의 현장을 피해서는 안된다. 함께 한 동지들과 지지자들을 두고 먼저 현장을 벗어나는 건 정치지도자임을 포기하는 것이다.

나는 정치지도자도 아니고 프로 권투선수도 프로 골프선수도 아니지만 스스로 전업적 정치평론가를 자임해 왔다. 선거는 정치평론가의 전장이고 나는 자유우파의 일원으로 참전하였기 때문에 두 번의 처절한 패배의 현장을 끝까지 지켰다.

## 패배보다 더 심각한 패배 후유증

이기면 모든 것이 아름답게 치장된다. 뼈아픈 실수조차도. 그러나 지면 모든 것이 후회와 원망과 자책으로 얼룩지게 된다. 특히 이념적 무장이 덜 된 자유우파 국민들은 지고나면 유튜브를 끊어버린다. 구독을 취소하고 후원을 중단한다. 패배감과 실망감을 그렇게 표출하는 것이지만 수 없는 승리와 패배를 겪으며 여기까지 온 나에게는 이런 자폭적 행동들이 아직도 낯설다. 졌을 때 일수록 더 강하게 모여야 하는 법인데….

다행스러운 것은 2020년의 패배 때보다 2024년의 패배 후유증이 덜했다는 것이다. 이 또한 자유우파의 정치적 각성과 정치 학습의 결과이리라. 더 심각한 위기를 느낀다는 뜻이고 그래서 더 절박한 심정의 표현일 터이다. 이렇게 자유우파는 투쟁속에서 진화하고 발전해 가고 있다.

## 아마도 마지막일 KBS 라디오


지상파 방송으로 복귀하란다. 원하던 바였지만 그다지 즐겁지는 않다. 진지전의 중요성, 주류 언론 공간의 무게야말로 내가 수 십년 강조해 온 바이다.

그런 나에게 주류 언론으로부터의 퇴출은 참으로 절망적인 상황이었다. 때마침 나를 찾아온 유튜브가 없었다면 말이다.

나는 유튜브 고성국TV를 통해 정치평론의 또 다른 장을 열어 제쳤다. 유튜브는 기성 주류 언론은 절대로 할 수 없는 대중과의 직접 소통을 가능케 한다. 유튜브의 힘은 바로 거기서 나온다. 나는 이제 유튜브 없이는 나의 정치평론 활동을 생각할 수 없다. 정치도 마찬가지다. 유튜브 없는 정치로 돌아가는 것은 불가능하다. 그럼에도 기성 주류 언론의 권위는 여전히 막강하다. 쌍방향성은 유튜브에 미치지 못하지만 이슈 선점과 어젠다 세팅은 여전히 주류 언론이 주도하기 때문이다.

'무거운 책임감', 공직에 취임할 때 누구나 한 번씩 하는 이 말을 평생 야인으로 살아온 내가 하게 될 줄은 정말 몰랐다. 주류 언론으로의 복귀 요청을 받은 후 열흘, 그때의 내 마음을 한마디로 표현하자면 '무거운 책임감' 외에 달리 표현할 말을 찾지 못하겠다. '책임감'에 짓눌리지 않으려면 몸과 마음을 가볍게 하는 수밖에 없다. 집중하고 정면돌파 하는 수밖에 없다. 그래서 주변정리를 시작했다. 진지전을 치루는 데 필요치 않은 것들은 다 정리했다. 승부는 무대에 오르기 전에 결정되는 법이다.

# 좀비가 된 '꼰대미디어'

기성언론을 레거시 미디어라 부른다. 유산이라는 좋은 뜻도 있지만 IT, AI가 주도하는 4차혁명시대에 레거시는 '낡은'이라는 뜻이 더 강하다. 쉽게 말해 꼰대미디어라는 뜻이다.

광속으로 진화해가는 현대사회다. 미디어도 그렇고 대중도 그렇다. 그 와중에 여전히 꼰대 미디어들이 이슈를 선점하고 어젠다를 세팅한다면 이야말로 정보, 문화의 이중 지체라 하지 않을 수 없다.

정치권의 홍보가 여전히 레거시 미디어인 지상파, 종편, 조중동, 한겨레, 경향을 중심으로 이뤄지고 있는 것도 우리 정치권이 얼마나 후진 정치를 하고 있는지를 잘 보여주는 사례다.

정치권과 언론이 우습게 아는 트럼프야말로 가장 먼저 꼰대 미디어를 버리고 SNS정치를 전면적으로 행한 정치인이다. 트럼프는 주요한 메시지를, X(구 트위터)를 통해 대중에게 직접 보냈다. 처음에 트럼프를 무시하고 어떻게든 길들이려 했던 레거시 미디어들은 결국 트럼프에게 항복했다. X를 뉴스 소스로 인정하지 않을 수 없었던 것이다.

SNS라면 어느 나라에도 지지 않는 한국도 정치에서만큼은 레거시 미디어들의 기득권이 유지되고 있다. 주요 정치인들이 여전히 레거시 미디어를 통해 메시지를 내고 있기 때문이다. 그러나 분명한 변화의 조짐들이 있다. 이번 국민의 힘 '당게 사태'가 좋은 예다.

'당게 사태'를 몇몇 유튜브가 보도했을 때 레거시 미디어는 꿈쩍도 하지 않았다. 그러나 레거시 미디어의 침묵은 1주일을 가지 못했다. 불과 1주일만에 그 대단한 레거시 미디어들이 '당게 사태'를 다루지 않을 수 없게 됐고, 그 순간 '당게 사태'를 주도해 온 유튜브들을 뉴스 소스로 인정하지 않을 수 없게 된 것이다.

## 문제는 뉴스메이킹 능력이다

　　사실 이 같은 변화는 좀 됐다. 언제부턴가 레거시 미디어가 정치인들의 페이스북 글을 주요 뉴스 소스로 인용하기 시작했던 것이다. 여기에 내가 잠깐 진행했던 KBS라디오 전격시사를 비롯한 라디오 시사 프로그램에 나온 정치인들의 발언이 주요 뉴스원으로 인용되게 된 것이다. 사실 라디오는 더 이상 레거시 미디어가 아니다. 라디오 시사프로그램은 거의 예외없이 유튜브 라이브를 같이 송출하고 있다. 라디오 즉 유튜브인 셈이다. 심지어 출근길 라디오 청취자들까지 카오디오가 아니라 스마트폰 유튜브 앱으로 라디오를 듣는다. 그게 더 재밌고 꼭 필요하면 댓글을 달 수 있기 때문이다. 차를 잠깐 갓길에 세우고서라도.

　생방송을 놓쳐도 언제든 찾아볼 수 있는 유튜브의 접근 편의성도 크게 한몫하고 있다.

　이 같은 변화는 더딘 듯하지만 넓고 길게 이어지고

있고 그 추세를 보면 참으로 급격한 혁명적 변화라 할 수 있다. 이제 대부분의 시사정치 프로그램은 지상파건, 종편이건, 라디오건 유튜브와 동시에 생방송을 한다.

적어도 시사정치 영역에서 레거시 미디어는 이미 유튜브화 되었다 해도 과언이 아니다 유일하게 버티고 있는 신문도 이미 사실상의 편집권을 네이버·다음과 같은 포털에 뺏긴 지 오래 되지 않았는가.

이러한 변화는 과학기술혁명에 따른 자연스러운 진화다. 역사적 추세라는 말이다. 그러므로 이 흐름과 함께하지 못하는 레거시 미디어는 진짜 레거시로 남게 될 것이다. 그러므로 여전히 '이슈선점과 어젠다 세팅은 우리가 한다'면서 '밤의 대통령'으로 착각하는 레거시 미디어에게 이미 조종이 울리고 있다는 사실을 알려주고 싶다. '순천자 흥이요 역천자 망이다'.

## 라디오, 라디오.

KBS1 라디오 아침 프로를 잠깐 맡았다가 그만
됐다. 민노총소속 KBS 노조가 일주일 정도 "극우 유튜
버 고성국 KBS 진행 반대"라는 피켓과 샤우팅으로 환
영식을 베풀어 줬고 나는 완벽한 진행으로 응답했다.
TV가 나오고 비디오시대가 됐을 때 라디오는 죽는 줄
알았다. TV 프로그램들은 여태 존재한 적 없는 신기한
재미들로 시청자들을 사로잡았다. 라디오가 무슨 수로
버텨! 그런데 라디오는 버텼다. 살아남는 데 성공했을
뿐 아니라 TV가 커버하지 못하는 새로운 영역을 열었
다. 운전 중인 사람들, 출퇴근길 시민들, 자영업자들, 한
마디로 여유 있게 TV를 즐길 수 없는 사람들을 찾아 나
선 것이다. 여기에 전화가 결합되자 TV보다 훨씬 현장
성이 살아나고 역동적인 매체가 됐다. 대부분의 정치인
들은 TV대담보다 라디오 전화 인터뷰를 더 좋아한다.
왜?

시간을 많이 안 써도 된다.

외모에 신경 안 써도 된다.

원고를 들고 읽어도 된다.

자기 하고 싶은 말만 해도 된다.

곤란한 질문은 못들은 체하면 된다. 이런데 누가 그 부담스러운 TV출연을 하겠는가. 라디오가 기다리는데. 정치·시사 방송에서 라디오가 압도적으로 중요하게 된 이유다.

## 라디오가 유튜브다

　　나는 라디오를 좋아한다. 그런데 이번에 다시
해 보니 이젠 라디오와 유튜브가 거의 구분이 안된다.
내가 진행했던 KBS 라디오도 유튜브로 '보이는 라디
오'를 한다. 카메라 한 대 설치해 놓으면 라디오가 곧
유튜브 라이브이다. 라디오와 유튜브의 결정적 차이는
실시간 청취자 혹은 시청자수이다. 라디오는 실시간 몇
명이 청취하는지 조사하기가 어렵다. 그러나 유튜브는
실시간 시청자 숫자가 확인된다. 방송시작부터 끝날 때
까지 시청자의 증감이 실시간으로 확인이 된다. 가장
정직하고 가장 솔직한 매체가 유튜브다!

　　쌍방향도 현격한 차이가 난다. 유튜브는 스마트폰 베
이스이기 때문에 구글에 접속만 되어있다면 실시간 소
통에 어려움이 없다. 반면 라디오는 참여를 위해서는
해당 방송국 어플에 가입하거나 유료문자 서비스 같은
다른 수단이 필요하다. 이런 기술적 차이보다 훨씬 중

요한 공통점은 라디오와 유튜브가 쌍방향을 직관적으로 구현한다는 점이다.

쌍방향은 내 정치평론의 생명이다. 정치평론은 세상을 해석하고 해석을 통해 세상을 변화시킨다. 나 혼자 몽상하고 나 혼자 정신승리할 생각은 없으므로 나는 세상에 대한 해석도 세상을 변화시키는 것도 대중과 함께 하려 한다. 쌍방향이 내 정치 평론의 생명인 이유다.

SNS범람시대에 쌍방향은 성취 못지 않게 고통과 타격을 준다. '배를 띄우는 것도 국민, 배를 뒤집는 것도 국민'이듯 쌍방향의 저 끝에 있는 대중은 나에게 희망을 주기도 하지만 절망을 주기도 하며, 자부심을 느끼게도 하지만 열패감에 젖게도 만든다. 많은 사람들이 쌍방향의 SNS에 뛰어들었다 상처받고 좌절하고 포기하고 도망가는 이유다. 나는 날 때부터 신경줄이 굵었던 모양이다. 맞아도 맞은 줄 모르고 아파도 비교적 잘 견딘다. 신경줄이 굵기 보다는 잊어버리기 잘 하기 때문일 것이다. 그것도 선택적으로.

나는 무수히 많은 프로그램을 진행하면서 수많은 PD, 작가들과 일했지만 그들 대다수의 이름을 기억 못한다. 함께 일할 때도 그런 적이 많아 본의 아니게 상처를 주기도 했다. 그러나 기억이 안 나는 걸 어떡하랴. 그런가 하면 생방송으로 평론하는 도중에 30년 전 벌어진 정치적 사건이 생생하게 재현되기도 한다. 구체적인 대화까지, 그런 날 보고 사람들은 대단하다며 경탄하지만, 그저 문득 떠올랐을 뿐이다. 기억을 되살리려고 애를 쓴 것도 아닌데..

이런 선택적 기억과 선택적 망각이 거친 쌍방향 세상을 견디고 버티게 만들었을 지 모른다. 그런 의미에서 나는 정치평론과 생방송, 그리고 쌍방향에 최적화되어 있다고도 할 수 있겠다.

## 생방 아니면 하지 마라

　　고성국TV를 시작한 지 얼마 안돼 생방송을 하게 된 것은 생방송이 더 쉽고 간단했기 때문이다. 아직도 많은 유튜버들이 녹화영상을 올리는데 녹화는 생방송보다 최소한 2배 이상 손이 가고 어렵다. 편집과정이 있기 때문이다. 반면 생방송은 어떻게든 하면 되고. 그걸로 끝이다. 아마도 40년 생방송 정치평론 생활이 나를 생방송에 맞게 진화시켰을 것이다. 문제는 쌍방향이 생방송을 할 때 전면화 된다는 것이다. 진정한 쌍방향은 생방송에서만 구현된다. 분노와 열정, 거친 흐름과 냉정한 외면 같은 감정들은 생방송 속에서만 교감될 수 있다. 그걸 감당하면 살아남는 것이고 그걸 감당 못하면 죽는 것이다. 정치평론은 언제 어디서나 진검승부다!

## 나는 월급 받은 적이 한 번도 없다

대학을 마칠 무렵 나는 샐러리맨을 하지 않겠노라고 선언했다. 정치학을 전공했어도 삼성 현대 대우의 샐러리맨으로 사회생활을 시작하는 것이 보통이었던 때였으므로 친구들은 '사회부적응자'인 나를 이해하지 못했고 딱하게 생각했다. 그래도 그 중 몇은 '그래야 고성국이지!'라고 공감해줬다. 내 생활이 어떻게 비춰졌는지는 모르겠으나 대기업 샐러리맨의 길이 아니라 민주화운동의 길을 계속 가겠다는 나를 '고성국 답다'고 평가해준 녀석이 한 둘이라도 있었던 것이 내가 대충 살지는 않았다는 증거라 자위했다. 대학 친구들이 대기업 중견사원이 돼 바쁘게 살 때 나는 감옥을 갔다 왔고 친구들이 대기업 임원이 돼 인생의 절정을 누릴 때 나는 여전히 보따리 장수 같은 정치평론가로 살았다.

나는 대학 졸업 후 친구들을 거의 만나지 않았다. 당

최 접점이 없었고 처지가 달랐기 때문이다. 친구들 모임에서 나를 딱하게 생각한다는 얘기가 언뜻 풍문으로 전해지기도 했지만, 별 의미를 두지 않았다. 나는 그런 얘기에 귀기울일만큼 한가하지 않았다. 이미 다른 길로 들어선 옛 친구들의 한담에 내가 뭐라 할 건가.

고려대학교 학칙이 정해 놓은 법정기한인 10년을 꽉 채워 간신히 박사학위를 땄지만 나는 대학에 지원하지 않았다. 박사를 따자 나에게도 몇몇 대학에서 전임강사 제안이 들어왔지만 거절했다. 대학에서 학생들을 전임으로 가르칠 자신이 없었고 그걸 하자고 박사학위를 딴 것도 아니었다. 그때도 '그래야 고성국이지'하는 말이 들렸다. 매번 듣던 얘기라 딱히 다른 생각이 든 것은 아니지만 문득 '도대체 '고성국'의 인생이 뭐지?' 하는 의문이 떠올랐던 건 사실이다. '난 도대체 어떻게 살려고 하는 걸까? 어떻게 살아야 하는 걸까?' 나는 계속 정치평론을 했다. 아마도 할 줄 아는 게 그것밖에 없어서였을 것이다. 재미를 느낀 것도 그것밖에 없었고.

## '정치평론가'라는 자랑스러운 직업

40년 전 정치평론은 돈이 되는 일은 아니었다. 시사정치 프로그램이 하나도 없었고 신문칼럼 같은 외부 논객을 받은 자리는 대학교수들의 몫이었다. 정치평론은 생계수단이 되지 못했다. 기껏해야 교수들의 부업거리였다. 나같은 전업평론가는 아무도 없었다. 정치평론가라는 호칭도 없었다. 다 ○○대학 교수라는 호칭을 썼다. 박사도 아니고 박사과정 학생이었던 나에게 종로5가 시절의 기독교방송(CBS)이 정치평론의 기회를 준 것은 지금 생각해도 불가사의한 일이었다.

기독교방송의 시사자키는 우리나라 최초의 정치시사 프로그램이었다. 나는 시사자키 MC를 하다 KBS 추적60분 MC를 하게 됐고 KBS라디오 MC도 하게 됐다. 우연이 우연을 부르고 운이 운을 불렀다고 할까. 나는 그때 방송국PD들이 붙여 준 '정치평론가'라는 칭호를 처음으로 쓰게 됐다. 얼마전에 종합일간지 아시아투데이 주필을 잠깐 했지만 언론사의 얼굴인 주필 자리가 나에게는 낯설다. '정치평론가 고성국'이 더 편하고 익숙하다.

## 정치평론은 장르다

처음에는 별 생각이 없었다. PD들이 궁여지책으로 붙여준 '정치평론가'라는 호칭에 내가 특별한 의미를 부여하는 것 자체가 이상하지 않은가? 그러나 그게 아니었다. 사람들이 나를 정치평론가로 불러주게 되자 나는 진짜 정치평론가가 됐고 정치평론가로 살게 됐다. 그러면서 '정치평론가란 무엇인가?'라는 자못 실존적인 고민을 뒤늦게 하게 됐다.

정치평론을 40년 하면서 스스로 정리한 '정치평론'의 정의는 이렇다.

정치평론은 정치를 해석하고 해설한다.

정치평론은 평론가의 정치적 비전을 정치 해석과 정치 해설을 통해 구현한다. 정치평론은 정치가 아니다. 정치평론가가 정치를 직접 하면 안되는 것은 아니지만 그것은 장의 전환이지 연장이 아니다. 정치인이 정치평론을 할 수는 있지만 그것은 어디까지나 일시적 변신

이고 그 정치인의 정치의 연장이므로 진짜 정치평론은
아니다.

좋은 정치평론은 정치를 건강하게 하고 나쁜 정치평
론은 정치를 타락시킨다. 적지 않은 사람들이 정치평론
방송을 통해 이름을 알리고 그걸 밑천으로 정치에 진
출했다. 미디어 정치 시대이니만큼 나쁘다 할 수는 없
으나 여기에도 지켜야 할 선은 있다. 적어도 정계 진출
이 결정된 순간부터는 정치평론가로 위장해선 안된다.
정치평론은 정치를 객관적으로 해석 해설하는 것이고
정치는 자신이 주체가 돼서 행동하는 것이므로 이 두
가지를 동시에 한다는 것은 완벽한 유체이탈이 가능한
사람이 아니면 할 수 없는 것이다.

언제 정치를 결심했는가는 자신만이 알 수 있으므
로 이것은 골프와 같다. 아무도 보지 않는 상태에서 스
코어를 직접 쓰는 것 말이다. 물론 타인들뿐 아니라 자
신을 속이면서까지 정치평론의 탈을 쓰고 자기 정치를
할 수는 있다. 그런 부정직한 자들은 정치할 자격도 정
치평론할 자격도 없다는 것이 내 생각이다.

# 정치 유혹은 집요했다

나는 40년 정치평론을 하면서 어림잡아 30여 차례 정치 입문 제안을 받았다. 여·야 모두로부터 공천 제안, 입각제안을 받았고 대통령실 수석, 실장 자리를 제안받기도 했다.

1996년 내 나이 38살, 활발하게 방송과 집필활동을 하던 때였다. '소장파 정치평론가'로 세상에 이름을 알렸던 때였다. '정치 한번 해 보는 게 어때'식의 그냥 지나가는 소리가 아니라 고향인 부산에서 지역구 출마를 해 달라는 구체적인 제안이었다. 내가 정치에 대해 진지하게 고민하게 된 첫 번째이자 마지막 순간이었다.

나는 깊이 고민했고 진지하게 고민했다. 정치자금법도 없던 때였다. 제왕적 총재가 제 주머니 물건처럼 공천을 주던 때였고, 영·호남에서는 공천이 곧 당선이나 다름없던 때였다.

정치평론을 하고는 있었지만 실제 정치 현장을 속속

들이 알지는 못했던 때였다. 나는 아는 국회의원에게 부탁해 이틀을 같이 다녔다. 국회의원의 실제 생활을 경험해 보고 싶었다.

아침 5시 약수터, 이것부터 죽을 맛이었다 4시 반에 일어나 약수터를 간다니, 맙소사!

아침 6시 동네 목욕탕. 아! 낯선 사람의 등을 밀다니. 그것도 꼭두새벽에, 벌거벗고!

아침 7시 아침, 아침을 밖에서? 그런데 그게 한번이 아니라 최소 두 번이었다. 아침 7시, 아침 7시반. 설렁탕이라도 먹을 줄 알았다면 생각이 달라졌을지 모르겠다. 아침에 설렁탕 두그릇은 고기를 입에도 못 대는 나에게는 지옥과 같았다.

8시 사무실, 회의, 보고, 회의. 따분해!

10시 사우나. 낮잠자는 곳이었다. 벌거벗고 모여 회의도 하고, 화투도 치고 돈봉투가 오가기도 했다. 참 요지경이네!

오전 11시 반 출동. 식당으로! 12시, 12시 반, 1시. 세

탕을 뛴다. 일식, 중식, 한식. 아마 일부러 그랬을 거다.
아무리 돼지 같은 정치인이지만 같은 식단을 세 번은
좀….

오후 2시 사무실. 보고, 회의. 갑질이 따로 없다. 냅다
소리 지르고 보고서 던지고…쯧쯧.

오후 4시 다시 사우나, 안마. 저녁 출동 준비!

오후 5시반 다시 출동. 식당으로, 술집으로! 6시, 7시,
8시 밤 9시, 밤11시. 술집과 룸쌀롱.

밤 12시반 귀가. 만신창이가 된 몸으로….

아 불쌍하다. 이틀을 쫓아다니다 그만 뒀다. 내가 힘
들어서! 이틀을 못 버텼는데 이걸 4년이나 하라고? 아,
내 인생은 이렇게 쓰기엔 너무 소중하다! 다음 날 전화
했다. 그냥 안 하겠다 했으면 상대에게 상처를 주진 않
았을텐데. 내 딴에는 나의 진심을 전한답시고 '내 인생
을 정치에 소모하기엔 너무 소중합니다'라 했다. 잠깐
의 침묵, 그리고 고함 "야! 너가…"

## 그때 끝내길 정말 잘했다

　　내 정치의 꿈은 이렇게 이틀만에 끝났다. 그때 끝내길 정말 잘했다. 그 후 30여 차례의 '고마운' 제안들을 나는 정중히 그리고 단호하게 거절했다. "제가 능력이 부족해 감당할 수 없습니다" "저에게는 정치평론의 길이 있습니다".

　1996년 후로 사회는 많이 달라졌다. 금융실명제도 정착됐고, 정치자금법도 생겼다. 겉으로는 맑아졌다. 그러나 속은? 여전하다. 더 교묘해지고 더 지능적으로 됐다. 어쩌다 걸리면 '잘못해서'가 아니라 '운이 없어서'가 여전히 통용되고 있다. 더 위험해졌으므로 돈봉투의 단가는 더 올라갔을 것이고 뇌물도 정치자금 수수료도 더 올랐을 것이다. 어디나 도둑들이 있고 어느 정치판이나 최고의 도둑들이 설친다.

## 돈이 없지 '가오'가 없냐!

어릴 때 선배들로부터 '돈이 없지 가오가 없냐!' 는 말을 들으며 컸다. 비록 가난하고 힘들어도 어디 가서 얻어먹지 마라. 기죽지 마라는 뜻이었다. 쌀이 없어 냉수 한잔으로 끼니를 때우고도 '으흠'하며 이쑤시개로 이를 쑤셨다는 옛날 꼬장꼬장한 선비들의 얘기도 많이 들었다. 무일푼인 나에게는 더할 수 없이 힘이 되는 얘기였다. 나는 선친으로부터 당신이 타시던 낡은 포니 자동차 한 대를 달랑 물려 받았다. 상당액의 빚과 함께. 그나마 퇴직금 절반은 연금으로 남기셨기 때문에 어머니는 지금도 연금으로 잘 사신다. 각설하고, 돌이켜 보면 나는 이놈의 '가오' 하나로 이 풍진 세상을 헤쳐 나왔던 것 같다. 차비가 없어 며칠씩 집밖을 나가지도 못했던 대학원 시절에도 나는 대기업에 취직해 잘 나가는 친구들한테 큰소리치며 살았다. '사내 자식이 샐러리맨이 뭐냐!'

## '가오'도 '가오'나름

이렇게 폼생폼사로 큰소리 치며 살던 나에게도 '가오'를 구겨버리고 싶을 때가 있었다. 1988년 여름이었던 것 같다. 노태우 대통령 특사로 만기를 23일 남겨 놓고 풀려난 나에게 MBC 노조로부터 연락이 왔다. 당시 MBC노조는 출범했지만 합법적 지위는 획득하지 못한 법외 노조였는데 노조 합법화 쟁취를 위한 집행부 농성이 100일 넘게 계속되고 있었다. 투쟁이라곤 해 본적 없는 기자, PD, 아나운서들이 100일 넘게 농성을 하다 보니 이탈자도 생기고. 농성자도 줄어드는 데다, 합법화 전망은 불투명해서 투쟁동력이 바닥을 드러내고 있던 상황이었다. 말하자면 긴급 수혈, 앰플주사라도 맞아야 될 상황에서 누군가 '고성국을 불러 특강을 듣자'는 제안을 했던 모양이었다. 난감했다. 특강이야 하면 그만이지만, 당시에는 '제3자 개입금지'라는 법이 있었다. 나는 MBC와는 관계없는 제3자였으므로 내가 노조의 농성 현장에 나타나는 순간 '제3자 개입금지'에 걸릴 판이었다. 그거야 법정 공방을 다투면 되지만. 문제는 내 신분이 대통령 특사로 나온 상황이라 현장에서 걸리면 '제3자 개입금지' 이전에 잔여 형기 집행으로 바로 교도소에 갈 수도 있는 상황이었다. 주위에서는 다들 '가지마라! MBC도 그런 사정을 알면 이해할거다'라고들 했지만, 그놈의 '가오'가 문제였다.

나는 밤 10시쯤 MBC로 스며들 듯 조용히 들어갔다. 1시간쯤 강연을 하고 11시쯤 빠져나왔는데 그냥 헤어지기 아쉽다며 MBC노조측이 근처 포장마차를 가잔다. 술을 입에도 못대는 나는 가락국수로 늦은 끼니를 때웠고 서넛의 MBC노조 활동가들은 소주를 깠다. 남자들 술판이 그렇듯 왁자지껄한 속에서도 유난히 카랑카랑한 목소리가 귀에 들어왔는데 나를 안내한 노조실무자였다. 앳된 얼굴과 달리 험한 소리를 쏟아내던 그는 나중에 MBC를 대표하는 아나운서가 됐다. 그 자리에서도 화제는 제3자 개입금지였다. 나의 용기를 칭찬하는 얘기였지만 솔직히 겁이 안나서가 아니라 그놈의

'가오' 때문이었으니. 지금 생각해도 쪽팔리는 순간이
었다.

## '가오'가 뭐라고

　　2012년으로 기억한다. 어느 날 일본총리실이라면서 전화가 왔다. 쓰나미로 인한 후쿠시마 원전 오염으로 폐허가 되다시피한 일본이 1년간 각고의 노력 끝에 어느정도 복원을 했으니 한번 왔다 갈수 없느냐는 얘기였다. 후쿠시마란 단어만으로도 '이게 뭔가!' 싶었다. '택도 없는 소리!', 이유나 알자 싶어 물었다. 무슨 일이냐? 총리실 관계자의 설명은 이랬다. "자기들은 죽을 둥 살 둥 복구했는데 사람들이 안 온다, 관광객이 완전히 끊겼다. 이제 위험하지 않으니 오라고 해도 안 먹힌다, 궁리 끝에 각 나라의 영향력 있는 언론인을 초청하기로 했다, 와서 보고 안전하다 싶으면 돌아가서 알려달라." 뭐 대략 이런 얘기였는데 얘기를 듣는 내내 든 생각은 '그래 다 좋다. 그런데 왜 하필 나냐' 였다. 방사능으로 오염된 후쿠시마라니. 맙소사! 아 그런데 또 이 놈의 '가오'가 문제였다. 속으로는 말도 안돼, 택도 없어, 하면서도 안된다는 말을 못하겠는 거였다. 그놈의 '가오' 때문에.

결국 나는 2주간의 일본 시찰에 동의했고, 그것도 가장 위험성이 높은 센다이공항과 인근 어촌마을 코스를 선택했다. 무모했다고 야단치시지 말라. 나도 알아볼 만큼은 알아보고 내린 결정이니까. 핵전문가에게 물었다. '후쿠시마. 센다이 가면 어떻게 되냐?' '뭐 별일 없을 거다.' '오염 됐다던데…' '그건 잘 모르겠고, 방사능 피폭 정도에 따라 다르겠지만, 후쿠시마 지역을 방문하는 것만으로 건강 이상 신호가 나타난다면 그 시점은 30년쯤 지난 후일 거다. 그때까지 살거냐?' 말문이 막혔다. 괜찮다는데, 별거 아니라는데, 무슨 할말이 더 있으랴! 에라 '돈이 없지 가오가 없냐'. 총리실에 말했다. '좋다. 가자. 기왕 가는 거 현장에 제일 가깝게 가자!'

## 일본의 진심을 느꼈다

　　2주간의 일본 시찰은 나에게 참 많은 것을 주었다. 일본 사람들은 일종의 운명론자들인 것 같았다. '우리가 가면 어딜 가겠냐. 죽어도 어쩔 수 없는 일. 그것이 나의 운명이라면'. 센다이 인근 어촌들은 쓰나미 1년 후에도 완전히 폐허였다. 마을 전체가 파괴됐으므로 복구·복원은 엄두도 내지 못하고 있었다. 무너진 집들, 반파된 채 거꾸로 처박힌 작은 어선들, 뒤집힌 채 녹슨 자동차들, 산더미 같은 쓰레기들. 그때가 2월이라 냄새가 심하지는 않았다. 대신에 추웠다. 스산했다. 음산했고 을씨년스러웠다. 제일 위험한 코스를 선택한 데 대한 고마움이었던지 총리실이 나에게 파격적인 제안을 했다. 원하는 사람 누구든 만나게 해 주겠다고! 그렇게 해서 이루어진 만남! 나는 도쿄에서 하라 겐야와 저녁을 먹었고 오마에 겐이치와 대담을 했다. 훤칠한 키에 검은색 가죽 롱코트를 걸치고 나타난 하라 겐야에게 물었다. '디자인이 뭐냐' '사물의 본질을 표현하는 거다.' '무인양품', '노브랜드'의 디자인 철학을 이해하는 데 더 이상의 대화는 필요 없었다. 이번에는 그가 물었다. '정치가 뭐냐' '사랑이다' 우리는 그렇게 친구가 됐다. 나는 그에게 소쇄원과 병산서원을 얘기했고 언젠가 함께 가기로 약속했다. 아직 지키지 못한 약속으로 남아있지만….

오마에 겐이치는 딱 봐도 일본인이었다. 그는 그때 하시모토의 유신회 창당을 막후에서 추진하고 있었다. 60년 자민당 독점 체제를 단숨에 날려버릴 정치 혁명을 꿈꾸면서. 하시모토의 유신회 창당은 사카모토 료마의 '선상 8책'을 모델로 하고 있었다. 메시지가 세상을 바꾼다. 그가 준비한 정치판을 공중 분해할 메시지는 '총리 직선!'이었다. 전율이 일었다. '총리직선!' 오마에 겐이치가 보여준 이 네 글자의 슬로건은 당시의 일본 정치 현실과 이를 돌파하겠다는 유신회의 목표와 의지를 하나로 엮어낸 당대 최고의 정치 슬로건이었다. 아 그래서 어떻게 됐냐고? 그들은 실패했다. 슬로건이 잘

못 돼서가 아니라 오마에 겐이치가 내세운 하시모토가
깜냥이 되지 못해서였다. 역시 가장 훌륭한 메시지는
슬로건 보다 사람이다!

## 진짜 끝장토론

일본에서의 2주간 일정이 끝나갈 무렵 총리실에서 강연을 요청해 왔다. 회의실에는 한국 전문가들이 30여 명 모여 있었다. 통역 없이 우리말로 토론이 가능했다. 총리실, 외무성 그리고 정보기관 한국전문가들이었다.

우리는 2시간 반 동안 격렬하게 싸웠다. 나는 2012년 총선과 대선에서 박근혜가 이길 거라 주장했고 그들은 그럴 리가 없다, 모든 조사와 언론보도가 문재인이 이긴다고 보고 있다, 자기들도 그 견해에 동의한다며 나를 공격했다. 예의는 갖췄지만 사정은 두지 않았다. 양쪽 모두 그랬다. 2시간 반의 치열한 논쟁은 결론 없이 끝났고 우리는 선거 끝나고 다시 한판 붙자면서 헤어졌다.

2012년 총선, 대선은 여러분도 다 아시는 바다. 나는 30여 명의 한국전문가들과 싸워 이겼다. 그후 일본 외무성 관계자들은 한국에 올 때 마다 일본대사관을 통해 나를 만나고 갔다. 그 과정에서 자주 만나 친구가 된 사람도 여럿 있다.

## 일본인의 진심, 인간의 진심

그러던 어느 날 일본대사관에서 연락이 왔다. 일본에서 사람이 왔다. 박사님을 꼭 뵙고 싶어 한다. 소공동 롯데호텔 1층 로비라운지에 대사관 직원과 함께 나온 사람은 60대의 점잖은 신사였다. 수 인사가 끝난 후 그 사람은 갑자기 바닥에 무릎을 꿇으면서 감사인사를 했다. 당황한 나는 벌떡 일어나 그 사람을 일으켜 세웠다. 그는 내게 몇 년 전 센다이 인근을 방문해 준데 대해 일본인의 한사람으로 인사를 드리고 싶어 왔다 면서 집안에서 소장하고 있는 그림 한 점을 선물로 가져왔다고 했다. 극구 사양 했으나 소용없었다. 평범한 일본인인 그가 우연히 내 얘기를 듣고 마음을 다해 오로지 그 선물을 전하기 위해 왔단다. 내가 어떻게 더 사양하겠는가. 18~19세기 일본을 거쳐 유럽에까지 전해진 풍속화 우끼요에 작품 중 하나였는데 그는 이 작품이 진품이라는 증명서까지 준비해서 가져왔다. 그 그림은 지금 내 침실 탁자 위에 세워져 있다. 문득 그 그림이 눈에 들어올 때면 생각한다. '인간의 진심을!'

## 인생은 여행이다

　　여행은 삶을 풍요롭게 만든다. 잠깐이나마 일상에서 벗어나 다른 세상을 맛보게 한다. 다른 세상, 다른 문화, 다른 언어, 다른 공기, 그리고 다른 사람들을 만나게 한다. 1박 2일의 빠듯한 국내 출장이든 7박 8일의 패키지 여행이든 여행이 주는 쉼, 멈춤, 낯선 것들과의 조우와 돌아봄은 본질적으로 똑 같다.

　여행은 쳇바퀴 돌듯하는 일상의 삶에 던져지는 특별한 이벤트이므로 자주 있는 일이 아니다. 여행 작가도 1년 내내 여행길에 오르지는 못한다. 돈과 시간의 제약이 있기 마련이다. 유럽 사람들은 1년에 한번, 2주간의 여름 바캉스여행을 위해 1년을 고생한다고 한다. 매달 여행비를 모은다는 것이다. 우리네 서민들도 비슷하다. 요즘이야 주말마다 자가용 몰고 어딘가로 나들이하는 것이 일종의 생활 패턴처럼 정착됐다고 하지만, 그래도 여행은 다르다. 여행은 일상과의 완전한 단절과 내려놓

음, 그리고 낯선 곳으로의 진입과 비일상적 경험이기 때문이다. 그러므로 어떤 여행이든 업무용 전화기를 꺼야 진짜 여행이다.

## 첫번째 여행-유럽 배낭 여행

　　나의 첫 번째 여행은 1989년인가 1990년에 있었던 두 달여의 유럽여행이었다. 그 해 6월. 스페인 마드리드에서 40몇회째인가 되는 세계 사회학 대회가 열렸고, 40여 세션 중 하나인 '제3세계 민주화 이행' 세션의 발표자 중 하나로 선정됐다. 정치학 박사과정이었던 내게 어떻게 해서 세계 사회학 대회측이 발표를 의뢰했는지 저간의 사정은 잘 모른다. 짐작컨대 이들은 민주화운동을 하다 투옥된 유일한 박사과정 연구자인 내가, 세계 펜클럽과 엠네스티가 '양심수'로 규정해 후원한 내가, 투옥 전후 제3세계 민주화 이행에 대한 여러 편의 칼럼과 학술논문을 쓴 내가, 민주화 이행에 대한 생생한 현장 경험과 증언을 해 줄 수 있을 거로 생각 했던 것 같다.

　　세계 사회학 대회의 초청은 받았지만 막막했다. 돈이 없었다. 영어로 발표문을 쓸 자신도 없었고 심지어 여권도 없었다. 전두환 정부 때 해외여행 자유화 조치가 내려졌지만 여전히 일반인들에게는 그림의 떡이었고, 나에게는 국가보안법 전과자라는 주홍글씨가 새겨져 있었다. 그러나 가고 싶었다. 넓은 세상도 보고 싶었고 월러스타인, 도스 산토스 같은 당대의 거장들과 발표자 신분으로 겨뤄보고도 싶었다. 이미 세계적 석학반열에 올라있는 그들이었지만 한국의 민주화 이행 과정을 나만큼 잘 알지는 못할거라는 오기도 있었다. 말은 못해도 글을 읽을 줄은 아니 현장에 가면 어떻게든 되겠지 하며 마음을 다잡던 차에 세계 사회학 대회 측에서 왕복 비행기표와 약간의 돈을 보내왔다. 명목은 발표비였지만 어찌어찌 내 딱한 사정이 전달됐는지 지원금을 보낸 것이었다. 세계 사회학 대회는 여느 학술대회와 비슷하게 참가자들이 사례비를 받는 게 아니라 등록비를 내는 대회였고 발표비 자체가 없다는 것을 나중에 알았다. 발표 자체가 영광이고 학문적 권위를 인정받는 대회였던 것이다.

## '내가 보증섰다!'

　　그럭저럭 준비를 마쳤으나 가장 중요한 여권과 비자문제는 영 풀릴 기미가 보이지 않았다. 아무래도 어려운 듯싶었다. 그때 은사이신 이수인 선생이 연락을 해 오셨다. 선생님은 대뜸 '여권은? 비자는?' 질문부터 하셨다. 그동안의 상황을 설명드리자 '알았다. 좀 기다려보라' 하셨다. 그리고 약 3일 후 여권과 비자가 나왔다. 여권을 들고 선생님을 찾아뵈었더니 '내가 보증섰다. 니 나가서 사고치면 내가 감옥가니 알아서 해라'고 하시면서 봉투를 하나 주신다. '밥은 굶지 마라. 나가서 굶으면 대개 서럽다카더라'.

# '마드리드 세계 사회학 대회'의 충격

마드리드 세계 사회학 대회는 1주일간 계속됐다. 언어가 안되는 나였지만 아침 일찍부터 관심있는 주제나 한두번은 들었던 이름 있는 학자들의 발표를 직접 듣기 위해 제일 먼저 나가 가장 앞줄에 앉았다. 미리 배포된 발표문을 읽고 대강의 내용을 파악한 후 발표 중에는 발표자의 표정, 손짓, 동작 같은 걸로 내용을 짐작했다.

월러스타인과 산토스는 역시 대가들이었다. 이들이 직접 내 옆자리에 앉아 손을 들고 토론하는 걸 지켜보면서 당대 최고 수준의 담론을 느꼈다. 그들의 소탈하면서도 당당한 태도와 겸손하면서도 확신에 찬 열린 토론의 모습에서 나는 이른바 '학문하는 기쁨'을 느꼈다. 그렇게 이 강의실 저 회의실을 뛰어다니다 나는 문득 익숙한데 생경한 세션 하나를 발견하게 되었다. 「Tourism Sociology」. tourism(여행) 그리고 sociology(사

<sup>회학</sup>). 너무 익숙한 이 두 단어가 나란히 붙어있으니 '이게 뭐지?' 싶었다. '여행사회학' 맙소사, 여행사회학이라니. 궁금한 건 못 참는 성격이라 불문곡절. 그 세션의 문을 열었다. 꽤 많은 학자들이 모여서 사뭇 진지하게 토론하고 있었는데 분위기가 '여행'이란 단어가 주는 설렘이나 즐거움과는 완전 딴판이었다. 나는 발제문을 읽기 시작했다. '분위기는 됐고 어차피 영어토론은 들어도 잘 모르니 발표문이나 봐야겠다' 발표문 첫 줄을 읽는 순간의 충격을 나는 지금도 기억한다. 「Tourism Sociology」 세션의 발표문 첫 줄은 이랬다. 'tourism is life' 그 순간 tourism(여행)이 어떻게 세계 사회학 대회의 주요 세션 중 하나로 자리잡게 되었는지 깨달았다. 세상은 그렇게 무서운 속도로 변하고 있었던 것이다. 민주화 이행의 한 가운데 있었던 대한민국은 여전히 민주주의vs독재 프레임 속에 갇혀 있었고, 탈냉전의 도도한 흐름도 한반도를 비켜가고 있었다. 우리에게는 여전히 여행, 여가, 풍요로운 인생 같은 단어들이 '사치스럽다'고 느껴지던 때였다. 그러나 세계는 대한민국이 그

러거나 말거나 이미 포스트모던의 시대, 후기자본주의 시대, 이념을 넘어 생활의 시대로 접어든지 한참이었다.

## 프라도를 만난 날

　모든 것이 낯설었다. 구름 한 점 없는 날 마드리드 거리를 걷다 문득 올려다본 거리 온도계가 섭씨 42도를 가리키는 것을 본 순간 머리가 어지러워졌다. 온도계를 못봤다면 계속 걷다 쓰러졌을지도. 어쩐지 거리에 단 한 사람도 보이지 않더라니. 무작정 옆에 서 있는 건물로 뛰어 들어갔다. 시원하고 서늘했다. 습기 하나 없이 뜨거운 땡볕 아래에서는 그늘이냐 아니냐가 생사를 가를만 했다. 얼떨결에 뛰어들어간 크고 좋은 건물은 미술관인 듯 했다. 넘어진 김에 쉬어간다고 나는 표를 끊고 미술관에 들어섰다. 무슨 미술관인지도 모르고, 사실 다른 길도 없었다. 그 땡볕에 어떻게 다시 나서나!

　미술관은 굉장한 규모였고 미술에 문외한인 내게도 보통 그림들이 아닌 듯했다. 끝없이 이어지는 성서 그림들과 누구인지 모르는 사람들의 초상화들. 중간중간

알 것 같은 그림 몇 점들. 그리고 지루한 모르는 그림들. 그러다 문득 고야가 눈에 들어왔다. 벨라스케스가 들어왔다. 그리고 보쉬. 그렇다. 그곳은 프라도였다.

나는 프라도를 한번 더 갔다. 마드리드를 떠나 배낭여행길에 오르기 직전. 그 위대한 프라도를 알아보지도 못하고 잠시 휴식 공간으로만 이용했던 나의 무지와 무례를 용서받기 위해. 만약 마드리드를 한 번 더 간다면 첫 번째 목적지는 무조건 프라도가 될 것이다. 그럴 기회가 있을까?

# 연이어 터지는 문화 충격

그 후 두 달. 나는 배낭을 메고 유럽 전역을 헤맸다. 떠나기 전, 제법 준비한다고는 했지만 별로 소용없었다. 여행 가이드책과 현장은 많이 달랐고. 나의 충동적인 행동은 난생 처음인 유럽에서도 어쩔 수 없었다. 로마에서는 경찰과 대치중인 데모대에 슬며시 껴보기도 했고(그들이 무슨 주장을 했는지 내가 어떻게 알겠는가?) 독일 시골도시의 컴컴한 밤을 무작정 걷기도 했다(독일 시골도시의 밤은 진짜 컴컴하다!). 코펜하겐에서는 티볼리공원을 세 번 갔는데, 시내가 좁고 티볼리가 한가운데 있어서인지 어디를 가도 티볼리로 돌아오는 통에, 그리고 그때쯤이면 파김치가 돼 있어서 어디든 앉아 있고 싶어져서 눈 앞에 있는 에덴동산 티볼리를 외면할 수 없었다. 그렇게 해서 나는 티볼리를 사랑하는 사람이 돼버렸다(티볼리공원이 세계 최초의 테마파크라는 사실은 한참 후에야 알았다). 암스테르담에서는 그 유명한 홍등가에 가지 않았다. 암스테르담 역 바로 앞에 떡하니 버티고 있어 피해 가기도 쉽지 않았지만 나는 애써 외면하고 돌아서 다녔다. 왜 그랬는지는 분명하지 않다. 혐오였는지, 두려움이었는지. 영국에서는 굳이 마르크스 묘를 찾아 갔고 스위스 레만호에서는 레닌이 숨어 살았다는 호반가옥을 봤다. 젊은 날의 치기 어린 열정이 그때까지 남아있어서였는지, 그저 유명해서였는지 그도 아니면 그들의 몰락을 확인하고 싶어서였는지!

나는 스위스의 작은 도시 루체른이 좋다. 도시가 예뻐서 좋고 오래돼서 좋고 즐기기 딱 좋을 만큼 작아서 좋다. 루체른에는 스위스인의 뜨거운 심장인 「죽어가는 사자상」이 있고, 내가 어떤 관광지보다 좋아하는 벼룩시장이 열리는 2층 목조 다리가 있다. 기억나는 건 이 두가지지만 유럽의 한 작은 도시를 기억하기위해 뭐가 더 필요한가.

## 시민사회와 국가

　　두 달간 유럽을 누비는 동안 제복입은 사람을 세 번 봤다. 데모대와 맞선 이탈리아 경찰 20여 명, 런던 하이드 파크를 뒷짐지고 어슬렁거리는 영국 경찰 2명(그들은 꼭 2인1조로 다니는 듯했다) 그리고 독일 소도시 니더하우젠의 어두컴컴한 거리에서 후레쉬로 주차된 차들을 살펴보는 독일 경찰 2명. 유럽은 평온했고 국가는 눈에 띄지 않았다. 세 번 목격한 경찰들은 질서유지를 위한 최소한의 장치로 작동하고 있었다. '이게 선진국 국가의 모습이구나' 매순간 감탄이 이어졌다.

　　「국가와 시민사회」가 연구 주제였던 나는 마르크스와 플란짜스, 데이빗 이스턴과 로버트 달의 난해한 국가이론 사이에서 헤매고 있었다. 그런데 그 어렵고 모호했던 국가와 시민사회의 관계가 두 달간의 유럽 방랑을 통해 뚜렷하고 선명하게 드러났다. 여행은 영혼을 살찌울 뿐 아니라 공부도 시킨다!

# 나는 운이 좋은 사람이다

아무리 생각해 봐도 나는 운이 좋은 사람인 것 같다. 60대 중반의 나이에 아직도 현업에서 뛰고 있으니 말이다. 건강도 크게 문제없고, 솔직히 말하면 나는 지금껏 무슨 계획이란 걸 세워서 살아오지 않았다. 한창 때인 20대~30대에는 계획을 세운다는 자체가 의미 없는 시기였다. 한동안은 그날 밤 어디서 자게 될 지도 모르는 생활을 했으니 말해 무엇하랴.

마흔이 넘어 '덤'으로 살면서도 나는 늘 떠날 준비를 했다. 평생 월급 받아본 적 없이 프리랜서로 살았으니까. 진행하던 프로그램은 언제 그만두게 될지 나도 모르고 방송사측도 몰랐다. KBS 추적 60분과 라디오를 진행하던 1995~1997년 이른바 '잘나가던' 때도 그랬다. 그만둬야겠다고 생각하고 2주만에 다 그만두고 제주도로 내려갔으니까.

제주도 생활 3년도 무슨 계획이 있었던 것이 아니었

다. 하던 방송을 중단하자 서울이 싫어졌고 떠나자 하고 간 곳이 제주도였다. 경주, 강릉, 남해도 생각했지만 기왕 떠나는 것 서울에서 가장 멀리가자 해서 간 곳이 제주도였다. 무작정 내려가서 살기 시작한 게 3년이었다.

## 방송은 운명이다

제주도에서 올라와서도 방송을 다시 할 생각은 전혀 없었다. 다시 서울생활을 한지 3~4년쯤 됐을 때 우연히 불교방송에 한번 출연한 적이 있었는데 불교방송 라디오에 잠깐 출연한 걸 누가 알아보랴 했던 것이 결국 다시 방송을 하게 된 계기가 되었다.

방송국 PD, 작가들은 진짜 독한 사람들이다. 불교방송에서 내 목소리를 우연히 들은 MBN PD가 연락을 해왔는데 출연 섭외였다. 딱 잘라 거절하기 뭣해서 시간이 없다고 핑계를 댔는데 그 후로 그 PD가 2, 3일에 한 번씩 전화를 해댔다. '이제는 시간이 되냐', 열 번 가까이 전화를 받게 되자 귀찮기도 하고 미안하기도 해서 협상을 했다. '딱 한번만 나간다'. 그게 결국 방송재개의 출발이었다. 세상은 계획이 없어도 안되지만 계획해도 안된다는 걸 그때 깨달았다.

내 평생, 지금이 가장 안정적인 시기 같다. 잘릴 염려

가 없는 직장, 고성국TV가 있기 때문이다. 나도 모르겠
다. 고성국TV를 언제까지 할지. 내가 그만둬도 고성국
TV는 계속 남아 있을지. 가끔 사람들이 묻는다. 앞으로
의 계획이 뭐냐고! 나는 정말 할 말이 없다. 평생 계획
없이 살아왔는데 무슨 계획? 여전히 계획은 없지만 이
런 생각은 한다. 물리적으로 생물학적으로 방송을 하지
못하게 될 때까지는 고성국TV를 계속 한다. 왜? 아미
고들 때문이다.

## 나는 행복한 사람이다

　　나는 행복한 사람이다. 아미고가 있기 때문이다. 나는 아미고라는 단어만 봐도 기분이 좋다. 그냥 좋다. 나는 아미고와 함께 한다. 24시간까지는 아니지만 가장 많은 시간을 아미고와 함께 한다. 아미고는 전국 어디에나 있고 전 세계 대부분의 나라에 있다. 아미고는 계속 늘고 있다. 지금 이 글을 쓰고 있는 순간에도 어딘가에서 새 아미고가 태어나고 있다. 아미고는 규칙도 없고 틀도 없다. 그 흔한 회원가입서도 없고 회비도 없다. 아미고를 늘리기 위한 활동을 따로 하지도 않는다. 그런데도 아미고는 계속 늘고 있고 무언가를 한다. 있는 듯 없고, 없는 듯 있다. 느슨한 듯 단단하고 단단한 듯 느슨하다.

　　사실은 나도 아미고가 전부 몇 명인지 모른다. 세어본 적이 없기 때문이다. 계속 새 아미고가 태어나지만 그만 두는 아미고도 분명 있을 것이다. 그러나 나는 누

가 그만두는지 알 방법이 없다. 당연히 왜 그만 두는지
도 모른다. 무형의 조직, 나는 그래서 아미고가 좋다. 서
로에게 완전히 자유롭기 때문이다. 아미고, 불어로 아
미. 스페인어로 아미고는 친구란 뜻이란다. 영어로 아
미는 군대이니 고성국의 친구, 고성국의 군대 라는 뜻
으로 이해해도 될 것이다. 내가 지은 이름이 아니라서
나도 막연히 고성국과 함께 하는 사람들 정도로 생각
하고 있다.

## 3명이 중요하다

　　아미고는 내 동생 고성범이 관리하는데, 관리라 하지만 사실 하는 일은 전화 받는 일 밖에 없다. 아미고들이 뭘 자꾸 물어보기 때문이다. 고성범이 갖고 있는 고성국TV 공식 전화는 하루에 평균 100통에서 150통 정도 전화가 온다고 하는데 주로 내 건강 걱정, 정국상황에 대한 주장, 행사 안내, 그리고 아미고 회원들의 상품에 대한 문의라고 한다. 싫은 표정 하나 없이 그 많은 전화를 응대하는 고성범이 대단하다. 지칠만도 하건만. 고성범과 함께 하는 나는 그래서 정말 운이 좋은 사람이다.

　　처음 아미고가 시작될 무렵, 그러니까 한 5년 전쯤의 일인 것 같다. 팬이 너무 신기하고 소중해서 나는 고성국TV에서 불쑥 이렇게 선언했다. '전국 어디건 3명만 모여서 나를 부르면 달려가겠습니다.' 그 며칠 후 전화가 왔다. '강원도 영월인데 딱 3명이 모였다 와 달라' 며칠 후 만나기로 하고 두 말 않고 달려 갔다. 영동고속도로 대관령 근처 휴게소였던 것 같다. 고속도로 휴게소로 들어서니 휴게소 맨 끝 쪽에 작은 플래카드가 걸려 있고 세사람이 모여 있었다. 그때 만난 아미고 회원들은 모두 지금도 아미고 활동을 하고 있다.

전라도 순천을 갔을 때였다. KTX에서 내려 순천역 로비로 내려가는데 저 멀리서 한 분이 품에서 뭘 꺼내서 펼쳤다. '환영 고성국TV' 혼자라 플래카드를 펼쳐 세우지도 못하고 있다가 나를 보자 품에서 꺼내 두 손으로 펼쳐 보였던 것이다. 그렇게 만들어진 호남 아미고는 지금 100여 명의 아주 활동적인 본부로 자리 잡았다.

일본은 교포들 중에서 활동적인 자유우파가 많은 곳이다. 조총련과의 오랜 투쟁으로 단련된 민단 활동가들 중에 아미고 회원들이 많다. 이 분들은 문재인 정권 때 종북 주사파의 폭정에 맞서 '한자협'이라는 단체를 결성했다. 나는 1년에 한 두 번씩 꼭 이 분들을 찾아 뵙는다.

미국 교포들 중에도 아미고들이 많은데 아직 한번도 찾아 뵙지 못하고 있다. 이분들은 고국에 오면 고성국 TV 방송국을 꼭 들르신다. 오실 때 마다 선물을 가져 오시는데 프로폴리스가 가장 많다. 다들 내 목을 걱정 하셔서다.

## 내 몸 하나 관리 못하면서...

　　방송 중에 기침을 하는 것은 사실 방송인으로서는 기본을 지키지 못하는 것이다. 변명하자면 젊을 때 감옥을 살면서 생긴 비염 알러지 때문이다.

　교도소는 혐오시설이라 주로 도시 외곽에 있는데 강변에 있는 경우가 많다. 교도소에서는 수십 년 쌓인 먼지 속에서 생활해야 한다. 환기는 없다. 작은 창살 하나가 유일한 환풍 통로다. 거기에다 강가라 물안개가 시도 때도 없이 덮친다. 그렇게 살다 보니 재소자들 대다수가 비염에 걸리게 되는데 내 경우는 그게 좀 심해서 고질적인 알러지가 된 것 같다. 거기에다 방송국은 한겨울에는 온풍. 나머지 계절에는 냉방이다. 비염 알러지에는 최악의 환경인 셈이다. 그런 상황에서 계속 말을 하다 보면 아무리 조심하고 참아도 갑자기 터지는 재채기를 막을 수 없을 때가 많다. 40년 방송인으로서 부끄러운 일이기는 하나 어쩌겠는가. 조심하고 또 조심하는 수 밖에….

몇 년 전 일시적으로 안면신경마비가 왔었는데 그때는 코로나19가 한창일때라 마스크를 쓰고 방송해도 그렇게 어색하지 않았다. 얼마만에 회복은 됐는데 아직 완전하지는 않다. 그 때문인지 메이크업 부작용 때문인지 눈물이 날 때도 있는데 이것이 방송 중에 불편한 상황을 만들 때도 있다. 화면에 보이지는 않겠지만 무심결에 손이 눈으로 자꾸 가니 시청자들이 걱정하는 문자를 보내시기도 한다. 고성국TV 시청자들은 이런 나를 보고 야단보다는 걱정을 보내시지만 스스로 프로 방송인을 자부하는 나로서는 참으로 민망하다. 그저 팬들의 넓은 아량에 기댈 수 밖에….

## 어쩌다가 여기까지 흘러온 인생

내 인생은 어쩌다 여기까지 흘러온 인생이다. 나는 내가 살아온 인생을 이렇게 살겠다고 계획한 적도 없고 준비한 적도 없다. 그저 그때 그때 이거다 싶으면 뛰어 들었고 여기다 싶으면 주저 앉았다. '가오' 때문에 샛길로 한참 돌아가기도 했고 그 길에서 또 다른 길을 만나기도 했다. 그런데 이리 저리 다니다 보니 아! 길들은 다 통해 있었다.

걸었다. 꽤 먼 길을 걸어왔다. 돌아봐도 출발했던 곳이 보이지 않는다. 혼자 걸었고 오는 길이 쉽지 않았다. 지쳤다. 그러나 아직 가야 할 길이 남아있어 다시 걸음을 재촉한다.

처음에는 사람들이 많이 다녀 길이 나 있는 길을 걸었지만 얼마 안가 갈림길에 이르렀고 나는 약간의 망설임과 두려움 속에서 사람들이 거의 다니지 않은 것 같은 길을 선택했다. 왠지 그 길을 가고 싶었다.

막상 첫발을 내딛자 두려움보다는 호기심이 발동했다. '죽기 아니면 까무러치기지'라고 생각을 다잡았지만 쉽진 않았다. 내가 걸은 길은 어쩌다 몇 사람이 걸었을 뿐인 길이었고 짧은 시간 누군가와 동행하기도 했지만 곧바로 나타난 갈림길에서 서로 다른 길을 걷게 되는 그런 길이었다. 그 길에는 도처에 위험이 도사리고 있었다. 맹수가 달려들기도 하고 목 한번 축이기 위해 빽빽한 가시덤불을 뚫어가야 했다. 사람들이 다니지 않은 길 없는 길이었으므로 당연히 지도나 표지판도 없었다. 있는 거라고는 어느 땐가 내 가슴 속에 새겨진 나침반이 전부였다.

'정의'와 '애국'이라는 나침반이 언제 내 가슴속에 각인되었는지는 나도 잘 모르겠다. 군인이었던 아버지를 보며 자란 어린시절 나도 모르게 각인되었을 지도.

지도도 없이 나침반 하나로 길 없는 길을 걸었으므로 나의 여정은 수도 없는 헤멤과 우회로 점철되었다. 나는 한번도 목표를 향해 똑바로 나아가지 못했다. 수많은 갈림길 앞에서 망설였고 확신보다는 '어떻게 되겠지'를 되풀이하며 온몸을 던져 앞으로 나아갔다. 많은 경우 쉬운 직진길보다는 어렵고 힘든 우회로를 선택하게 됐지만 후회는 없다. 그 길 또한 나름의 기쁨과 성취감을 주었으므로. 평생 그렇게 걸어왔기 때문에 이제는 이 길이 낯설지 않다. 내 남은 여정의 어느 지점에선가 또 다시 헷갈리는 갈림길이 기다리고 있을테지만 미리 걱정하지 않는다. 가다 보면 길이 만들어지리라!

## 나는 아미고다

　　아미고들은 언제나 반갑다. '오는 사람 안 막고 가는 사람 안 잡는다'는 원칙으로 살아온 나지만 아미고만은 예외다. 한사람이라도 더 끌어들이고 싶고 한명도 떠나보내고 싶지 않다. 그러나 운명은 어쩌지 못하는가. 이은구가 홀연히 떠나더니 장계화 누님도 거짓말처럼 떠나버렸다.

　아미고들은 한결 같다. 나를 좋아하고 나를 걱정한다. 방송 중 기침만 한번 해도 아미고들은 가슴이 덜컥 내려 않는단다. 낯빛이 조금만 안 좋아도 조바심이 난단다. 전국에 흩어져 있는 3만여 명의 아미고! 고백한다. 그중 이름을 외우는 아미고는 100명도 채 안된다. 그래도 이분들은 섭섭해하지 않는다. '박사님은 원래 사람 이름을 잘 못외운다'고 서둘러 변명해 준다. 모임에 나와서도 멀찍이 구석자리를 찾아가는 아미고들. 내 옆으로 오라 해도 어려워서 잘 안 오는 아미고지만 혜

어질 때 내 주머니에 꼬깃꼬깃 접은 돈을 넣어준다. 고성국TV로 하루를 시작하는 아미고들, 내 얘기를 들어야 안심이 된다는 아미고들, 육십 넘어 친구 사귀기가 어디 쉽냐며 마냥 즐거워하는 아미고들, 고성국TV는 아미고와 함께 아침을 열고 아미고와 함께 하루를 달린다. 나는 아미고고 아미고는 고성국이다.

# 프레임 전쟁

2024년 12월 3일, 밤 10시 40분, 전화가 울렸다. "비상계엄이래요, 어떻게 된 거예요?" 그렇게 시작된 12.3. 계엄은 끝내 대통령 탄핵과 구속 그리고 대선 패배로 귀결되었다. 8년 전 패배를 판박이처럼 되풀이하고 말았다.

밤을 꼬박 새우고 시작한 아침 방송에서 나는 '어젯밤의 계엄은 처음부터 끝까지 합법적으로 이루어진 대통령의 헌법적 권한 행사였다'고 해설했다. '국회를 장악한 종북주사파 세력이 '다수의 폭력'으로 대한민국을 마비시키는 누란의 국가위기 상황에서 윤석열 대통령은 헌법수호와 국가 안전을 위한 마지막 수단으로 통치권력 차원의 비상계엄을 선포했다'고 평론했다.

나는 그날 아침 방송에서 밝힌 나의 입장이 틀리지 않았다고 믿는다. 그 후의 상황 전개 과정은 나의 이런 확신을 더욱 확고하게 만들었다. 1년이 지난 지금, 자유우파 국민 절대다수가 이 같은 나의 주장에 공감하고 있다. 이것이 프레임 전쟁이다.

"처음부터 끝까지 합법적으로 행사된 대통령의 통치 행위"라는 자유우파의 프레임과 "불법 계엄으로 내란을 일으켰다"는 종북주사파 간의 프레임 전쟁은 앞으로도 계속될 것이다. 현실의 법정이 어떻게 심판하든 이 프레임 전쟁은 역사의 법정에서 최종적으로 승부가 가려질 때까지 계속될 것이다. 나는 자유우파의 프레임 전사다.

## 광화문이 정겹다

광화문이 정겹다. 구불구불 산길도 아니고 야트막한 돌담길도 왁자한 골목길도 아닌데 광화문이 정겹다. 광화문에는 자유우파 국민의 눈물과 땀과 피가 서려 있다. 곳곳에 투쟁의 기억이 있고 자유우파의 애국 서사가 아로새겨져 있다. 광화문에 서면 광화문을 가득 메운 자유우파 국민들의 열기와 함성, 쓰러지면 일어서고 또 쓰러지면 또다시 일어서는 자유우파 국민들의 그 열정이 내 온몸을 휘감는다.

## 그해 겨울 한남동

요즘도 한남동을 지날 때면 그해 겨울이 생각난다. 은박지로 온몸을 감싸고 웅크린 채 그 추운 겨울밤을 꼬박 지새웠던 우리 자유우파 국민들의 모습이 떠오른다.

한남동에 모였던 우리는 정말 절박했다. 현직 대통령을 체포하겠다며 수사권 없는 공수처가 나섰고 판사쇼핑과 불법 영장 청구 그리고 서부지방법원의 불법 영장 발부와 경찰의 불법체포 시도, 그해 겨울의 한남동은 온갖 불법과 편법이 난무하는 국가 폭력의 현장이었고 그 불법을 저지하기 위해 모인 자유우파 국민들의 처절한 투쟁이 맞부딪쳤던 역사의 현장이었다.

불법과 야만이 극렬하면 할수록, 인간의 존엄은 빛나는 법이다. 은박지를 두른 자유우파 국민이야말로 야만과 폭력에 맞선 작은 영웅들이었다.

# 한국 현대사 일대 사건: 청년들 일어서다!

윤석열 대통령의 공과에 대해서는 앞으로 많은 논의가 있을 것이다.

나는 '윤석열, 청년들을 각성시키다!' 이 하나로 '올킬'이라고 생각한다. 현대 정치사에서 어느 지도자가 청년들을 계몽시키고 각성시켰는가? 오직 윤석열 대통령만이 청년들을 각성시켰고 그들을 자유우파 진영의 가장 활동적인 세력으로 일으켜 세웠다.

청년들의 각성과 일어섬은 순식간에 벌어졌다. 청년들은 대학별 시국선언을 이어가다 어느 순간 한남대첩의 주력 부대가 되었다. 처음에는 우리가 청년들을 보고 '고맙다'했으나 얼마 안 가 청년들이 우리를 보고 '고맙습니다'를 하게 됐다. 우리들은 정말 기분 좋게 뒷자리로 갔다. 이것이 우리 자유우파가 궁극적 승리를 확신하는 가장 큰 이유와 근거다.

## '좋은 어묵을 쓰거든요!'

푸드 트럭은 그해 그 혹독한 겨울을 광장에서 버텨내야 했던 자유우파 국민들에게는 더없이 힘이 되는 든든한 친구였다.

'머리가 있는 사람들은 머리로, 돈이 있는 사람들은 돈으로'. 마음은 광장에 수백 번도 더 나왔지만, 몸이 그럴 수 없는 자유우파 국민들은 푸드 트럭으로 힘을 보탰다. 우리는 광화문, 한남동, 헌재 앞으로 푸드 트럭과 함께 자유우파 국민들이 보내주신 각종 물품들을 들고 나갔다. 우리와 함께 한 푸드 트럭은 어묵과 어묵 국물이 특히 인기가 높았다. '다들 어묵이 맛있다네요', '네, 좋은 어묵을 쓰거든요' 거의 말이 없는 푸드 트럭 사장님의 툭 던진 한 마디에 자유우파 국민들의 따뜻한 마음이 전해진다.

우리는 광장시장을 뒤져 꼬마김밥을 찾아냈다. 꼬마김밥을 따뜻한 상태로 나누려고 용달차로 배달시키고

받자마자 여러 명이 동시에 나누었다. 그 추운 날 식고 언 김밥을 나눌 수는 없었다. 현재 앞 집회의 최고 인기 메뉴 꼬마김밥에는 이렇게 많은 분들의 따뜻한 마음과 뜨거운 동지애가 녹아 있었다.

# 정말 하고 싶지 않았던 단식투쟁

나는 1970-80년대 민주화 운동을 하면서 대학을 다녔고 박사를 마쳤다. 투쟁 속에서 단련됐고 투쟁 속에서 성장했다. 나에게 2년의 감옥생활은 나를 발효시키고 숙성시키는 담금질의 시기였다. 나는 감옥에서 여러 번 단식투쟁을 했다. 서른 살의 혈기로 단식하기도 했고, 박사 과정 때 읽던 책조차 못 보게 하는 야만적 교도 행정에 항의하느라 단식하기도 했다.

1987년 10월이었던 것 같다. 젊은 날의 마지막 단식투쟁을 했던 때가. 그때 나는 8일 단식을 해 이겼지만 교도소 측에서 약속을 지키지 않아 복식 이틀 만에 다시 단식에 들어갔다. 재단식 7일째 되던 날 몸에 이상이 왔다. 어지러워 앉아있을 수도 없고 소리쳐도 소리가 나오지 않았다. 같이 투쟁하던 학생들도 2명인가 혼절해 의무과로 실려갔다. 그렇다고 투쟁을 포기하고 항복할 수는 없었다. '어쩔 수 없다. 마지막 카드를 쓸 수

밖에' 나는 재단식 7일째 되는 날 저녁부터 '단수, 단염'을 감행했다. 그리고 이틀 후 재단식 9일째 되던 날 교도소 보안과장이 왔다. '우리가 졌습니다. 이제 그만하시죠' 그 소리를 들으며 잠깐 정신을 잃었던 모양이다. 눈을 떠보니 의무과였고 팔에는 링거가 꽂혀 있었다.

나는 단식투쟁을 좋아하지 않는다. 주위에서 단식투쟁을 하겠다고 하면 일단 말린다. 말리지 못하면 최대한 빨리 중단시키려 노력한다. 단식투쟁은 자신을 조금씩 조금씩 죽이는 투쟁이다. 모두 다 잘 살자고 하는 투쟁의 수단치고는 이율배반적인 투쟁 수단인 것이다.


그런 내가 2025년 3월 탄핵 저지 투쟁이 뜨겁게 전개되던 헌재 앞에서 텐트를 치고 무기한 단식 농성 투쟁에 돌입했다. '아 40년 만에 다시 단식투쟁을 하게 되다니'

단식은 그렇게 어렵지 않았다. 오상종이 쳐준 널찍한 텐트에 몸을 누일 수 있는 공간까지 있었으니까. 그리고 함께하는 동지들이 있었으니까.

처음에는 단식투쟁 텐트에서 24시간 생방송을 할 생각이었다. 방송국 직원들도 모두 비상근무를 했다. 그런데 24시간 그냥 카메라만 돌리는 건 내 성격에 맞지 않았다. 방송이어야 했다. 결과적으로 단식 5일 동안 33시간 생방송으로 끝냈다.

단식 4일째인 날은 3보1배 투쟁에 참가했다. 절을 할 형편이 못돼서 3보1배 행렬 뒤에서 따라 걸었다. 어디쯤 갔을까 청계천3가쯤에서 결국 한계가 왔고 나는 부축을 받아 차를 타고 텐트로 돌아올 수밖에 없었다. 그런데 그 직후 거짓말처럼 윤석열 대통령 구속 취소 소식이 들려왔다. 그날 밤 석동현이 텐트로 찾아왔다. '대통령이 단식을 중단해 달라십니다. 어느 때보다 박사님의 방송이 중요한 때라고 전해달라셨습니다'

그날 밤, 고성범과 의논했다. 고성범은 처음부터 단식 반대였다. 대통령의 간곡한 요청도 있었다. 혈당지수가 70 아래로 떨어져 버린 몸 상태로 단식을 계속하는 건 너무 위험하다며 의사들도 강력하게 단식 중단을 요구해 왔다. 나는 5일째 되는 날 아침 방송에서 단식 중단을 선언했다.

## 그 와중에도 방송카메라는 돌고 있었다

　　단식을 중단하고 방송에 복귀한 지 얼마되지 않아 나는 방송 중에 깜빡 정신을 잃었다. 장예찬과의 대담을 진행하던 중이었다. 어느 순간 온몸에 진땀이 흐르고 어지러워졌다. 이대로는 도저히 방송 진행이 안되겠다 싶어 장예찬에게 대신 진행해달라고 말하려는 순간 정신을 잃었다. 스텝들이 뛰어 들어와 나를 방으로 옮겼고, 장예찬이 진행을 대신했다.

　　그와중에도 카메라는 돌고 생방송은 계속되었다.

　　방송이 끝난 후 후원자 한 분이 연락해 둔 한양대병원 응급실로 실려갔다. 병원에서는 난생처음 해보는 각종 검사를 받으며 3일을 있었다. MRI, CT, 몇 번의 뇌검사. 결과는 '이상한 곳이 아무 데도 없다'였다. 단식과 누적된 과로, 그리고 높은 스트레스가 실신의 원인으로 추정되었다. 일 줄이고 잘 먹고 잘 자는 것이 처방이었다.

한 8개월을 시키는 대로 했다. 아침 생방송 외에는 일을 최소화했고, 잘 먹으려 노력했고 잠을 많이 자려고 노력했다. 근육량 감소가 걱정된다는 의사의 지적을 받고 서너 달 전부터는 실내 자전거를 하루 한 시간씩 탔다. 1주일 전 병원 진단, '살이 빠졌고, 근육량은 늘었다. 에너지도 이전 수준으로 회복됐다. 훨씬 건강해졌다.'

지금도 현장 취재를 나가면 보는 분들마다 '건강 어떻습니까' '왜 나오셨습니까, 이제 괜찮습니까'라고 인사를 하신다. 너무 많은 분들께 걱정을 끼쳤다. 보답하는 길은 열심히 방송하는 것뿐!

## '정렬' '질서' 그리고 '권위'

전광훈 목사님은 열정의 경상도 사나이다. 그의 열정과 뜨거운 애국심이 없었다면 광화문 국민혁명은 없었을 것이다. 자유우파도 모일 수 있고, 싸울 수 있다는 사실을 투쟁 속에서 확인하지도 못했을 것이다.

손현보 목사님은 춘풍 추상을 실천하는 부산 사나이다. 세이브 코리아 집회는 탄핵 저지 투쟁을 전국으로 확산시키는 결정적 계기가 되었다. 감옥에 가는 것조차 투쟁을 고양시키는 계기로 생각하는 사람이다.

우리 자유우파에도 수많은 원로, 중진, 지도자, 활동가들이 있다. 국민의힘에도 쓰레기 같은 배신자들만 있는 것이 아니다. 문제는 '정렬'과 '질서'와 '권위'다.

조직되고 질서 잡히지 않은 대중은 아무리 많이 모여도 '군중'에 불과하다. 군중은 일시적으로 흥분할 수는 있지만 지속적, 조직적으로 투쟁하지는 못한다. 다수의 자유우파가 소수의 종북주사파를 이기지 못하는 이유다.

 '정렬'과 '질서'와 '권위'는 저절로 생기는 것이 아니다. 지도자들의 양보와 헌신, 활동가들의 진심과 겸손이 투쟁 속에서 여과되고 승화되어 마침내 도덕적, 정치적 권위로 수렴될 때 세워지는 것이다.

## 뉴미디어 정치시대를 열다

장동혁 지도부의 출범은 뉴미디어 정치시대의 본격적 개막을 알리는 역사적 사건이었다. 낡고 진부한 기득권 족벌언론들이 지배했던 올드미디어 정치는 끝났다. 좌편향, 기회주의 족벌 언론들로부터 축출되고 배제되고 끊임없이 공격받아온 자유우파 유튜브가 새로운 정치를 이끌고 있다.

뉴미디어 정치 시대가 낳은 첫 번째 스타가 장동혁이다. 바야흐로 메신저 정치시대가 열린 것이다. 뉴미디어 정치시대에는 낡은 여의도 정치 문법에 매몰된 기득권 정치인들, 정치공학에 매몰된 배신자 쓰레기들, 온갖 기회주의자 출세주의자들은 설자리가 없다.

정치판과 뉴미디어와 국민이 함께 움직이고 영향을 주고받는 뉴미디어 정치시대를 어떻게 개척해 나갈 것인가. 40년 정치평론 생활 중 가장 큰 도전이고 가장 엄중한 요청이다.

그 길을, 나는 오늘도 고성국TV와 고성국의 숲, 그리고 아미고 속에서 열어가고 있다.

# 고성국의 길 카페 댓글

## 강호 40년, 이제 돌아와 내 얘기를 쓰다

**myoung9352 님**

정치는 정치인들의 라운드라 생각하고 무관심하게 살던 중 어머니 같았던 박근혜 대통령이 탄핵되는 상황을 보며 무척 혼란스러웠습니다.

그때 어지러운 정국을 정치에 무식한 저까지 쉽게 이해하게 설명해 주시던 고성국TV를 접하게 되었습니다.

하늘의 축복이 쏟아지듯 함박눈을 맞으며 묵직하면서도 날카로운 방송을 하시던 그 파릇파릇하셨던 박사님의 모습을 잊지 못하겠습니다.

단식투쟁으로 쓰러지시던 박사님을 볼 때, 순간 환하게 비치던 밝은 전등이 꺼진 듯 불안과 두려움이 엄습할 정도로 박사님께서는 우리 대한민국의 등불이 되어 있었습니다.

그런데 은퇴를 생각하셨다니요?! 애국에는 정년도 은퇴도 없습니다.

우리 아미고가 박사님 곁에 있고, 자유우파 국민들이 박사님의 정론을 매일 갈구하며 위로받고 희망을 가지고 이 힘든 정국을 버티고 있습니다.

박사님, 힘내세요!!


## 느낌사랑 님

고성국의 길을 따라가 볼까 합니다. 인생의 종착역은 모두가 다르지만, 운전할 때 앞차 뒤를 따라가면 운전하기가 쉬운 것처럼 강호 40년의 파란만장한 삶의 이야기를 보고 읽고 느끼면서 고성국의 길을 함께하려 합니다.

늦게 맺은 인연이지만 늘 행복함과 감사함을 느끼면서 고성국의 길을 따라가 볼까 합니다.

## 정치평론은 왕의 머리에 씌워진 왕관

### 이오너 님

'왕의 자리를 지키려는 자, 왕관의 무게를 견뎌라' 라는 말이 생각나네요. 정치평론의 길도 이처럼 어렵고 힘들고 무겁다는 뜻이겠지요.

많은 정치평론가들의 평론을 듣고 보았지만, 박사님의 촌철살인과 같은 평론은 어느 누구에게서도 들어본 적이 없습니다.

그래서 지금까지 박사님을 믿고 함께 갑니다. 자유우파의 가는 길이 험난하고 힘든 길이겠으나, 앞서서 든든히 걸어가시는 박사님과 함께한다면 함께 웃는 날이 올 것을 알기에 오늘도 힘을 내봅니다.

## 아미고가 고성국이다

### 천상천하 유아독존 님

아미고의 일원이 된 것은 내 인생의 가장 멋진 선택이었고 자부심이 되었습니다.

"내가 고성국이고 내가 아미고이다."

### 정치는 사랑이다

### seaeastkim 님

정치에 대한 깊은 성찰이 느껴집니다. 특히 '전향'을 단순히 노선을 바꾸는 것을 넘어, 삶 전체를 근본적으로 변화시키는 혁명적 행위로 보는 시각에 깊이 공감합니다. 진정으로 혁명하지 않았다면 철저하게 보수할 수 없다는 말이 인상적이네요. 정치에 대한 뜨거운 사랑과 고민이 느껴지는 글입니다. 진정한 정치란 무엇이며, 인간의 신념과 변화는 어떤 무게를 가져야 하는지에 대해 깊이 고민하게 만드는 글이었습니다. 잘 읽었습니다.

고성국의 길
숲에서 길을 찾다

1판 1쇄 발행 ㅣ 2026년 1월 22일
1판 2쇄 인쇄 ㅣ 2026년 2월 10일

지은이 ㅣ 고성국
펴낸이 ㅣ 박정자

펴낸곳 ㅣ 도서출판 기파랑
등  록 ㅣ 2004. 12. 27 제300-2004-204호
주  소 ㅣ 서울시 종로구 대학로8가길 56 동숭빌딩 301호   우편번호 03086
전  화 ㅣ 02-763-8996 편집부  02-3288-0077 영업마케팅부
팩  스 ㅣ 02-763-8936
이메일 ㅣ guiparang_b@naver.com

ⓒ 고성국 2026

ISBN  978-89-6523-461-6   03810